微光

妳是我流浪的起點

by Sophia

The Glimmering

22 — All about Love

我不討厭想念。

雖然某些想念會讓人難受，但只要一想到那樣的難受緣自於曾經的美好，也許會有一點悲哀，卻也感到慶幸，我會慶幸，自己的生命中曾經有過那份美好，即使是短暫的一瞬，我想我也不會後悔。

入學式那天他是我第一個遇見的人，在離學校兩條街的那個路口，我放緩腳步仔細整理著自己的制服，儘管單調的制服沒有值得整理的部分。

我似乎來得太早了一些，這麼想著的時候對面街忽然走來穿著相同樣式的男孩，逆光的緣故我沒有看清楚他的臉，一時怔忪在原地愣愣的注視著他，直到他停下腳步我才發現眼前的男孩有張無比精緻的臉龐，然而卻帶著異常冷漠的神情，透著比同齡男孩更加成熟的氣味。

還沒來得及反應，男孩卻一動也不動的停駐在我的面前。

「你、你也是新生嗎？」

「入學通知一定要帶嗎？」

「應該不用，但要帶照片。」他似乎是因為看見我手中握著的通知單，我搖了搖頭，心情稍微恢復了一些，「不過我想都可以補交。」

「是嘛。」

「嗯……」

我輕輕點了頭，身邊出現的學生漸漸多了起來，毋須刻意觀察就能發現投注在他身上的目光，我感到微微的困窘，我並不是一個擅長站在中心的人，即使那些視線不是因為我的自身，然而即使是帶著邊緣性也讓人感到不安。

很久之後我才稍微能夠理解，始終站在眾人目光中心的他有多麼辛苦，然而那一刻的我卻無暇顧及他的心情，我們總是太過年輕而只關注自身的感情；並且將這些他也不願意負荷的重量用力推向他，這本來就是屬於你的，縱使沒有明白說出口卻以動作無情的鞭笞。

但是那一瞬間的我只想離開。

「我先走了。」

「阿磊。」

還沒移動就看見另一個男孩朝他走來，他揚起不甚明顯的微笑，走近的男孩看了我一眼，禮貌性的打了招呼；他似乎也不是多話的類型，甚至連自我介紹都沒有，但三個人就莫名其妙的一起走進學校，直到在分班表上找到自己名字的那一刻另一個男孩才想起這件事。

「我好像忘了說，我叫方沁。跟妳同班。」

「徐映庭，我的名字。」

「阿磊是隔壁班嗎？」

「嗯。」

順著他們的目光我看見楊修磊三個字，走廊外的陽光灑進呼吸裡，暖暖的，滲進我的肌膚，抬起眼我望向他的側臉，長長的睫毛下覆蓋著他的感情，方沁忽然回過頭迎上我的雙眼，透過楊修磊我望著方沁，斂下眼我轉身走出人群。

但他卻拉住我書包的背帶。

「楊修磊。」

「什麼？」

「我的名字。」

他這麼說。

「我對數學一點辦法也沒有。」筱竹咬著原子筆的尾端，緊緊瞪著練習本上的算式，「都是線條和抽象的符號，一點感情也沒有。」

「就是不帶感情才能夠以稍微輕鬆一些的方式把問題解開，如果攪和進感情的話，大概就會像被小貓抓亂的毛線一樣，除了咬牙剪斷之外沒有其他方法；但是大多時候的問題沒辦法被剪斷，所以就只能導向無解，但這種無解和數學上明確的無解意義不同，大多帶著無奈又糾結的感情，所以說，數學簡單多了。」

「真是，總是說這種似是而非的詭辯。」

「反正重點是，對我而言數學比起現實上的問題容易解答多了。」

「但是所謂的現實啊，就是因為大部分的狀況都無法被輕鬆回答，才會衍生出許多的可能性，如果消除了這份複雜感，人生多無趣啊。」

「我不喜歡。」

「這跟喜不喜歡沒有關係。」筱竹重重的嘆了一口氣，「就像現在，就算我討厭數學到希望這個概念徹底從地球被消除，我還是不得不想辦法讓問號導向等號之後的答案。唯一正解。一想到這種狹隘而且打從一開始就被決定的答案就讓人不開心。」

自動鉛筆的筆尖在練習本上寫下工整的算式，我想著，究竟面對有唯一正解的題目時，我們能夠相信的是「這世界仍舊是單純的」，或者是以最單純的型態來向我們說明「這世界沒有所謂的簡單」。

我不明白，偶爾會試圖釐清，然而筱竹是那種能夠將這份疑問徹底拋開的人，她不在乎真正的答案，甚至不在乎問題本身，她只在意自己能不能夠流暢的進行解答，又能不能順利的抵達等號後方。

我和筱竹打從一開始就是截然不同的類型，相較於她的活潑與好動，我更習慣以安靜的姿態行走，她喜歡得到注目，喜歡任何回答都可能是正解的問答題，甚至喜歡把簡單的事物弄得更加複雜。這樣才有趣啊。她總是這麼說。

和這樣的人成為最親近的朋友並不在我的意料之內，這也許正是她所謂的有趣，所以偶爾我會分不出她帶有幾分真心，她是擅長說話也慣於表演的人；縱使明白這一點，從某一個瞬間開始我還是將她視為朋友了，從那之後我就習慣忽略某些她的不真誠，以及某些她的刻意。

「你們班是不是有一個叫方沁的男生啊？」

「嗯。」

「他是怎麼樣的人啊？」

「不知道。」

寫到一半的y筆芯在尾端斷了，形成一個粗糙的斷面，y這個字處於尚未被完成卻又能辨認無誤的階段，也就是，即使我不再以另一道筆劃進行延伸對理解並不會產生任何影響，但我還是用力的畫了好幾筆。

「妳真是一點粉紅色的氣氛都沒有，開學這陣子引起女學生之間最熱烈的討論的有三個人，一個是聽說畢業就會出道的高二學姊，一個是四班的楊修磊，還有就是你們班的方沁。」她揚起甜膩的笑容直直的瞅著我，「難得跟其中一個人同班，就要打好關係才是啊。」

這不是我關心的事，我當然知道同學們積極討論的內容，我喜歡安靜但不是會遠離同儕的類型，因此我總是靜靜的聽著，偶爾會不期然的和方沁的目光對上，但我和他之間除了入學式那天短暫的交談之外，真正成為同班同學卻沒有說過話。

但是我明白，我之所以每天都安靜聆聽著相似的內容是因為另一個人，楊修磊，我試圖否認這個事實，卻在否認的動作裡越發仔細的尋找著與他相關的字句。

「介紹我和他認識嘛……」

「妳說什麼？」

「妳根本沒在聽我說話，」筱竹嘟起嘴，卻親暱的抱住我的右手臂，「方沁啊，只要讓我和他說上一次話就好了，這樣就會有跟他打招呼的理由啦。」

她一直找尋讓自己成為中心的路徑，這樣的欲望在我面前她從來沒有掩飾過，我猜想並非源自信任，起初她總會確實做好修飾的動作；然而或許發現被看穿，又或者知曉我並不想干預，爾後她便捨去了掩飾。

然而面對如此赤裸的欲望，我仍舊感到些許不自在，我不會因此遠離她，卻無法真心喜歡上這一面的她。

「我也沒跟他說過話。」

「不管啦，就這麼說好囉。」

帶著便當我安靜的離開教室往頂樓走去。

這幾天筱竹總是帶著午餐到班上找我，毫不在意的走進教室在我身邊坐下，她的到來破壞了某些平衡，某些男孩的目光總是不自覺的投注在她身上，而她同時引來某些女孩的視線；然而兩者含藏著截然不同的感情，無論如何在她身旁的我連帶的受到關注，我不喜歡，於是下課鐘一響我就離開了教室。

推開了頂樓的門，日光有些灼燙，我尋找著陰影，靠著不怎麼乾淨的灰牆坐下，打開便當盒的同時我聽見哪個人走近的腳步聲。

皺起眉我想起在書上或者電影裡的劇情，頂樓似乎是某些人的領土，通常這類的人並不會太友善，又可能只是一種想像，緩慢的我抬起頭，站在我面前的是預期之外的人，儘管我並沒有預期。

他在我左手邊坐下，不發一語的撕開麵包的包裝袋，低下頭我開始夾起便當裡的花椰菜送進嘴裡，我和他之間隔著一道縫隙，對於我和他這樣陌生的兩個人而言顯得太過靠近，也許是因為陰影範圍太過狹小，咀嚼著軟爛的飯粒，花了很長一段時間才吞嚥而下。

「我想吃花椰菜。」

他的聲音劃破沉默，思索了幾秒鐘之後才確定那確實來自於身旁的他，我夾起最後一朵花椰菜沒有多加思考就送進他的口中，一直到吃完整個便當我才意識到這是相當親暱的舉動，但是對我或者對他而言，就只是他想吃而我給他吃的程度而已。

「只吃麵包會飽嗎？」

「天氣熱的時候就沒有食慾。」

「這陣子每個人都在談論你。」

「包括妳嗎？」

「我對這些沒有太大的興趣。」

我和他的對話似乎總是這樣突兀的被開始又突兀的被結束，我輕輕的笑了出來，真是莫名其妙。

「笑什麼？」

「不覺得很莫名其妙嗎？」我側過頭望向他，「關於你的事彷彿鉅細靡遺的知道了，卻又跟你這個人處於完全陌生的狀態，但是說過幾句話之後，稍微不那麼陌生了，卻又不知道那些來自四面八方關於你的一切究竟是不是虛構，流言能將一個人從普通人塑造為神，也能將一個神貶低為人。」

「我不是神，我也不想當神。」他的語氣之中有低張的嘲諷，「我是無神論者，所以那個被塑造出來的楊修磊，對我而言是不曾存在的虛無。」

虛無。

「真是可惜，如果你是神的話，我就能許願了呢。」

然後他勾起嘴角，不很明顯卻緩緩的笑了，熱，空氣中流竄著熱的氣味，貼附在肌膚上的是不舒服的濕氣，然而彷彿跨越了物理性，這一瞬間差點讓人以為有涼爽的風輕撫著臉頰。

「我忘了妳的名字了。」

「如果是神就會知道。」我拿起便當盒站起身，低著頭注視著他精緻的攝人的臉龐，「所以你果然不是神呢。」

他看著我。

「今天沒有自我介紹的心情，下次會告訴你。」在離去之前我說，「如果有下次的話。」

我沒有向筱竹提起楊修磊，他並不適合出現在我們的對話之中，並且她對於我遲遲不讓她和方沁交談感到有些不快，她反覆說著這件事，連帶著出現在班上的頻率也增加，於是我只能放棄休息時間和她站在窗邊進行單方面的談話。

「妳是不是根本就不想幫我。」

「我跟他一點交集也沒有。」

「交集是能夠被製造的，特別是像他那樣的人，越是引人注目的人圍繞的他的『交集』大多都是人為的，想要在路上見面接著自然而然的說起話來，那只是故事的情節。不管是所謂的攀談或是趨近，一開始都是單方面的，等到有一天成為雙方面的動作，不管是什麼樣的起點都不需要在意了。」

但是我們真的能不在意所謂的起點嗎？

不、至少我沒有辦法，任何一件事對我而言其擁有的開端是最重要的部分，甚至比結尾更加重要，如同那天朝我走近的楊修磊，我寧可將其視為某種命定，爾後衍生的感情都能夠被染上宿命性的色彩，縱使是哀傷，也是宿命性的哀傷，這不是我的浪漫，而是我努力避免陷入「如果當初做了什麼、或者沒做什麼」的黑洞。

生命之中有太多的「如果」，終有一天我們會明白自己根本無法負荷這些「如果」的重量。

「總之……」

「他走過來了。」

順著筱竹的視線我看見從走廊另一端走近的方沁，他並不多話卻也不會被歸類為沉默的類型，必須說話的時候他就會開口，不會說多餘的話也不會為了說話而說話；某些女孩總是比較著方沁和楊修磊，相似，她們這樣說著，然而他們是截然不同的，縱使乍然一看會有另一個人的影子，兩個人卻選擇全然不同的路徑。

方沁看了我一眼，又或許不是投向我，側過身要走進教室的那一瞬，筱竹喊住了他。

「你是方沁吧，」筱竹用著過於甜膩而飛揚的口吻，「映庭常常提起你喔。」

人為的，交集。刻意的。具有目的性的。謊言。謊言。

我斂下眼，壓抑著胸口翻騰的不快。

「雖然想和你說話，卻又不知道該說些什麼，映庭總是這樣說，所以我就自作主張的叫住你了。你不會介意吧？」

她流暢的編織著謊言，然而只有她不知道，在場的三個人，除了她自身之外，我和方沁都知道這是個謊言。

我的手不自覺握住了拳，然後鐘聲響了，筱竹似乎又說了些什麼，字與字串連而起的意義沒有傳遞進我的身體，我只接收到生理性高亢的嗓音，刺痛般的響著。

最後只剩下我和方沁站在門口。

「對不起。」我說。

「沒有必要為其他人道歉，無論那個人是誰。」

「但是我放任她那麼做。」

「那麼，我就當作妳是真的想和我說話卻不知道該說什麼。」他直視著我的雙眼，「所以妳也沒必要道歉。」

——該道歉的從來就不是妳。

斷斷續續做了夢，坐起身看見塗上螢光塗料的指針還沒跨越五，清晨四點三十七分，我感到有些冷，卻沒有躺回床上的意思，走進洗手間簡單的漱洗，沒有人醒著的家裡，沉默被逆向放大。

泡了一杯熱牛奶，蜷縮在沙發上小心的啜飲，哥哥的房門突然被打開，他似乎沒有發現我的存在逕自往洗手間走去，再次踏進客廳時他像是終於看見，揉著眼睛納悶的注視著我。

「為什麼那麼早起來？」

「醒了之後就睡不著了。」

「喔。」

沒有特別的感想，哥走回房間輕輕帶上門，於是客廳裡又只剩下我，抱著馬克杯感受著微燙的溫度，忽然我想起楊修磊。

那天之後我沒有去過頂樓，也許他會在，這個念頭不知道以哪個一瞬間作為起點盤踞著我的思緒，有好幾次都克制不住自己，卻總是在跨過幾步之後又轉身返回。

究竟我所期盼的是推開門之後有他還是沒有他呢？

問號彷彿泡了水的海綿一樣脹大，被談論的楊修磊，被注目的楊修磊，以及藏匿在所有人都看不見的陰影之下的楊修磊，我猜想自己想碰觸的是未曾被看穿的那部分，卻又害怕成為第一個到達的人。

對於一個只見過兩次面、進行著突兀又簡短的談話的人，他所造成的影響似乎比我以為的還要深，彷彿深不可測的清潭，無論如何小心翼翼的邁開步伐，都不能夠預料那一個剎那自己會踩空滑落。泅溺。

他的存在如同銳利的刀刃，緩慢的，確實的，刺進胸口。

在察覺到疼痛之前，就已經抵達跳動的、心臟。

「要和我一組嗎？」

「我無所謂。」

在幾個積極的女孩走近他之前方沁先站在我的面前，明明是自習課，卻被輔導室借用以進行兩性課程，雖然能夠採取簡單的講課模式，講台前的年輕女老師卻選擇了她認為能帶動氣氛的活動。

女老師開始以過分開朗的口吻說著，尋找同伴這件事本身就是一種社交，第一秒想到的人也許是自己最喜歡的人，或是認為對方能夠帶來優勢，例如體育課的時候會想和運動神經好的人一組，或是帶著某些目的性，覺得這個人比較刻苦耐勞會分擔大部分的工作，當然會有第二順位、第三順位……但是當同伴被限定「只有一位」時，大部分的人都傾向於找尋同性，雖然是很細微的動作，但卻清楚的顯示「性別」這個概念。

結果仍舊是女老師一個人賣力的講著，底下的同學興趣缺缺的做起私事，我玩著自己的手指，撫摸著前幾天被影印紙割傷的無名指指尖，突然教室內的氣氛又鼓譟了起來。

──現在和自己的同伴對看五秒鐘，等一下我們會進行討論。

我抬起頭迎上方沁的視線，周圍不時傳來笑聲，有人大聲喊著「不行、一秒鐘都不到就想笑」，他和我安靜的注視著對方，沒有多餘的感情，緩慢的倒數。

5、4、3、2──1。

「捨不得移開視線嗎？」

「那你為什麼不先移開呢？」

方沁笑了。是容易引人注目的那種美好笑容。

「因為覺得妳可愛。」
「這種話對我沒有用。」
「但是妳的臉確實的紅了，」他堵住我的聲音，「要說是熱的話，耳朵也不應該泛紅。」
「無聊。」
「我覺得很有趣。」
「你——」
「現在是討論時間，請分享剛剛那五秒鐘的感受，與之後的想法。」
「沒有，一點想法也沒有。」
「妳想在繳回的作業紙上這麼寫的話，那我就寫『那五秒鐘裡我覺得徐映庭比我想像的可愛多了，而這樣的感覺在五秒鐘過後逐漸被放大』。」
「你到底想做什麼？」
「實話實說而已。」
「你根本不是這種人。」
「那妳說我是哪一種人呢？」

他輕輕勾起嘴角，儘管他的弧度之中沒有一絲這樣的意思，我卻在微笑的端點看見綻放開來的諷刺，連認識都談論不上的我，又怎麼能夠果斷的說「你不是這樣的人」呢？

眼前這個人對我而言是陌生的。

「就寫『跟女孩子的臉長得不一樣』吧。」

「那我寫『比男孩子可愛多了』，可以嗎？」

「隨便你。」

方沁真的這麼寫了，而且毫不掩飾的將紙遞給來收討論作業的女同學，我想她仔細的讀了，在講台前似乎也把作業拿給了另外兩個女孩看了，如此微小的動作成為開端，我猜想在下課之前就會渲染在教室的每個角落。

「我有點後悔了。」他用左手輕輕托著下巴，嘴邊泛著淺淺的笑容，「應該乾淨俐落的寫『徐映庭真可愛』，這樣妳也不用費心去想怎麼向其他人解釋，而且每個人都會知道我覺得妳可愛了。」

「這是打發無聊的遊戲嗎？」

「是真心。」他說，然而在他凝滯的目光之中我分辨不清這句話的真實性，「就算我這麼說妳也不會相信吧。但是妳真的能清楚的判別對方的哪些部分是真心，哪些部分只是一種表演嗎？」

「我沒有辦法，所以我不會給對方模稜兩可的態度。」

「妳只是沒有積極的去操弄人心，但是消極的退讓或者視而不見也是一種模糊不清，」他一個字一個字清晰的竄入我的意識滲入我的肌膚刺痛著我最深處柔軟的核心，「比起仔細一點或許就能看穿的表演，藏匿起來的心思才是——」

方沁的話被女老師說下課的聲音打斷，我站起身沒有看他逕自走回座位，我明白，這是一種逃避，同時我不明白，方沁對我說這些話的用意。

這世界上的每個人都用著不同的方式模糊著周圍的線條，因為模糊所以能夠不去看清，也能夠不被看清；同時，我們又期盼著會有哪個人能在模糊的畫面之中確實的明白自己，不被明白的那一刻也能說服自己是由於模糊不堪。

我們所做的，只是替自己留下一條又一條的後路罷了。

「映庭，妳跟方沁很熟嗎？」

才剛走回座位就立刻被一群女孩包圍，不遠處的方沁事不關己的聳了聳肩，和另一群男孩帶著籃球走出教室，他是蓄意的，無論居心為何但這一幕起初便在他的預想之內。

也許在他要求和我同一組的動作之前就已經決定好了。

但是為什麼？

「是因為看過討論作業吧。」我扯開笑容，以滑過邊緣的輕描淡寫語氣沒有起伏的說著，「不知道該寫什麼，所以他覺得有趣就那樣寫了，我的心得也像開玩笑一樣的寫法啊。」

「不過妳為什麼會跟方沁同一組啊？」

在其他女孩消化著我的說詞的空隙裡這個更加靠近核心的問題被拋出，連一秒鐘的鬆懈都不能，其實我沒有解釋的必要，然而在錯綜複雜並且相互糾結的人際絲線纏繞裡，所謂的必要或者不必要早已脫離了起初的意涵，解釋並非為了釐清事實，而是為了填平對方心底凹陷的窟窿。

「就只是剛好站在旁邊而已。」我說，我從來就不知道謊言能夠如此輕易的從口中滑出，彷彿字句早已預備在嘴角，就等著被拋出而已，「既然站在旁邊那就同一組吧，他是這麼說的。」

女孩們在意的並不是事實，而是我的回答是否能夠嵌合進她們的期待。

「早知道我就第一時間衝到方沁旁邊了。」

這句話將話題從我身上帶開，女孩們沒有離開，仍舊繞在我的身邊開始熱烈的談話，我和她們的關係稱得上融洽，上體育課或是家政課時也會拉著我一起，沒有討厭的感覺也說不上喜歡，像是一種習慣，從幼稚園開始只要有女孩們的地方就會形成我群以及他群，就只是生活的模式而已。

偶爾會讓人感到安心，也會有讓人覺得厭煩的時候，或許正因為同時存在著兩種面向才能夠輕鬆的歸類進生活，至少保持著一定的平衡，一隻手攀住大家在的圈，但另一隻扶著的是牆面，無論是圈瓦解了或是牆倒塌了自己還能被支撐著，當然要是兩邊都崩塌了那也沒辦法，但這種可能暫時不會產生。

不管從哪個方面來看我都只是個普通的高中女生，所以用著安全的方式站在距離社會圓心一段距離卻又不碰觸邊緣的位置，大多數的人都是這樣，因為安全所以成為普通；我沒有往中心靠近的心思，也不想往邊緣退，這需要某部分的努力卻不需要太過努力，不只是學生，我想這世界上大部分的人都是以這種狀態活在世上的。

不知道什麼時候話題突然快速轉向，或許並沒有，打從一開始就繞著方沁打轉，方沁的字跡向成熟的大人一樣，方沁籃球也打得很好呢，方沁的笑容總會讓人感覺裡面藏著更有深度的部分，最後，是那個和方沁說話的女孩。

「那個常來找妳的女孩子啊，我那天看見她在樓梯那邊叫住方沁，硬是要和他攀談。」

「妳跟她很好嗎？」我還沒回答女孩就填下了答案，「應該是纏著妳的吧，看妳和她一起吃飯也沒有特別開心的感覺，而且前陣子天天都來，現在又沒出現了，說不定一開始就是衝著方沁來的。」

接著她們開始以想像和惡意施加在筱竹的存在上，我沒有搭腔也沒有替筱竹辯解，除去黏附的惡意她們的臆測大多是對的，她的確是為了方沁而來，然而最重要的一點卻徹底被弄錯了，和筱竹一起午餐的時候是因為放鬆才沒有撐著笑容，特別是在她的目光投注在方沁身上的時候，我的微笑顯得多餘。

「最近只要在路上碰見方沁我就會和他說話。」

「是嘛。」

「不過還真是聊不起來，不管話題是什麼，他總是簡潔乾脆的給出回答之後接著句點。既不冷漠也不熱絡。這類型的人最難變親暱了。」這麼說著的筱竹仍舊顯得愉悅，「但能夠理所當然的說話就是好的開始，還記得之前提過那個要出道的學姊嗎？我也和她交換電話了，不過我不是很喜歡她，我跟有人氣的女孩子就是相處不來，接下來就只剩下楊修磊了，不過真的有點困難就是。」

楊修磊。

我的步伐稍微停頓所以必須用下一步來平衡，她一向喜歡和最受矚目的人來往，進而成為另一個被關注的人；從前我們讀的學校不大，她很簡單就成為中心，但現在的筱竹卻只能勉強吸引少部分人的視線，因此過去隱微的動作也被放大，很多時候我想她並不知道自己在做些什麼，只是拚命的往火光中心奔去，但又有些時候卻感覺到她明確的將手伸往想要的方向。

「都認識了又能怎麼樣呢？」

「能同時認識三個人本身就是不簡單的事情啊，更何況他們是完全沒有交集的人，如果是同一個社團甚至同一班就沒有這種張力，相反的正是因為他們之間沒有關連，我和他們之間也沒有關連，在這種前提下說出『我認識他喔』，就會讓人覺得自己很厲害甚至有深不可測的印象。」

她說：「就像妳把時間花在慢跑和看書上一樣，因為是我喜歡的、想做的事，所以不管多麼麻煩就是想做到。」

「楊修磊不是容易親近的人。」

不自覺就這麼說出口了，有一種不願意筱竹靠近他的念頭，在他的身邊大多數都是懷抱著複雜心思的人們，這其實是種悲哀，我想他很明白，或許是最明白的那個人也說不定；看著他即使不交談也能感受到，被圍繞的他卻飄散著疏離的氣味。

所以他和方沁不同。

方沁似乎能夠小心的消化並且說服自己接受，儘管帶有目的卻仍舊是因為我，吞嚥著模糊連帶使自己的感情模糊，就能夠以稍微輕鬆一些的方式站在人群之中，偶爾真正接受哪個人；然而楊修磊太過黑白二分，他厭惡著這樣的趨近。

無法確實說明，但聽著筱竹說著這些話我感覺自己似乎稍微理解了楊修磊，並不是自命清高而擺出孤傲的態度，相反的正是抱持著期待卻反覆落空，最後連期待都無法盈握。

「楊修磊會走前面那條路回家。」

「所以呢？」

「我們今天走那邊吧。」她不由分說的拉著我的右手，「當作散步也好，反正妳回家之後也會先出來跑步。」

「遇上了也搭不上話……」

「多遇上幾次就能說『我常常在那條路上看見你』啊，說了很多次了，交集是可以被創造的，我們只是需要一個合理的開端而已。」

——然而什麼才是所謂合理的開端？

我忽然想起來我就是在這個路口遇見楊修磊，來不及吞嚥記憶就被筱竹拉離，於是畫面與畫面散落在我意識四周，藏匿著一抹屬於他的身影。隱微。卻無所不在。

我回頭望向那個路口卻在眨眼之後看見他走進我的視野，筱竹沒有察覺仍舊以急促的步伐往前走，對上楊修磊的目光，淡漠而不帶情緒的臉龐，我就這樣張望著他的遠離。

不、遠離的是我。

只是因為他沒有跟著加快步伐而感覺他正在遠離，湧上的念頭並不是放緩自己的動作，而是想著為什麼他不走得更快一些，斂下眼轉正身子之後才回復理智，他從來就沒有奔跑的理由。

我還是沒有告訴她楊修磊的存在。

儘管她終究會發現，卻近似於一種藏匿，自私的，毋須猶疑的，藏匿，我知道他在身後，然而此時此刻就只有我知道這件事而已。

「從這裡走到前面的路口，接著反向折回。」

筱竹終於停下腳步，漾開燦爛的微笑，以若無其事的姿態全然捨棄了上一秒鐘的自己，帶著悠閒氣味的動作，我和她一步又一步往前方她設下的界線走去。

接著折返。

於是楊修磊被毫無遺漏的看見了。

「第一次就遇見他，說不定這是我和他之間的註定，」筱竹揚起甜膩的笑容，儘管是對著我卻是為了楊修磊，「不管看幾次都找不到他的缺點呢，這種人天生就是要站在中心點。」

但那是楊修磊想站的位置嗎？

他的身影逐漸放大，趨近，踏上最靠近的那一點，旋即錯開，這一次我沒有回頭；然而在往後的人生之中，我總是會想，假使那一瞬間我回過頭，看見的會是什麼，但是沒有，那一刻我沒有回頭也不可能在那之後的歲月中找到答案，於是楊修磊從這一點瞬間就註定成為我永遠的懸念。

永遠。

對年少的我而言永遠這兩個字太過虛幻而遙遠，彷彿漫長的不能夠被抵達，直到某天我終於明白，真正的永遠不過就只是一個瞬間，深而灼燙的烙印，再也不可能從身上脫離。

於是你便成為我的永遠。

我看見楊修磊沐浴在日光之下，像是一場夢又彷彿一張畫，卻真實的在眼前映現。

他仰著頭，輕輕閉著眼，長長的睫毛盛裝著日光，他輪廓的邊緣融進背景，我安靜的站在原地凝望著眼前的他，或許是這整個畫面，直到他睜開眼將視線落在我的臉上，勾起輕輕淡淡的微笑，非常的輕又非常的緩，但我的心臟卻猛然緊縮，有一種悸動，又有一種疼痛。

「這裡還有空位。」

差一點我就走了過去，但是這裡不是無人出入的頂樓，而是熙攘的中庭，他不在意的卻是我反覆考慮的事；他沒有說另一句話，隔著一段距離我就這樣和他安靜的對望。

「阿磊。」

這不是我的聲音，從我的身後漸進，他走過我身邊時不經意擦過我的手臂，方沁在楊修磊起初說的那個空位坐下，他沒有看我，無論是兩者之間的哪個他。

「這裡還是有空位。」

楊修磊又說了一次。然而比鄰而坐的兩個男孩，左邊或者右邊的位置都不屬於我，我搖了搖頭，又想起他們沒有看著我。

「我該回教室了。」

「我在作業上寫了她很可愛。」

方沁突如其來的扔出預期之外的字句，是嘛，喃唸著的楊修磊笑了，像是感到有趣一樣，「妳說下次要告訴我名字，『下次』已經到了。」

「徐映庭。」

「真是普通，下次我可能還是會忘記。」楊修磊嘴角始終掛著隱微的笑，

「再有一個下次的話，我就會記起來了。」

「我要走了。」

「能讓沁覺得可愛的女孩子很少見，」他們兩個人不知道是故意或者有

著在人離開前才喜歡說話的壞習慣，才剛移動的右腳又頓了下來，但是他轉向方沁，「但是她好像不是『普通』的那種可愛。」

「我的審美觀一向獨特，比較接近藝術的層面。」

「我還站在這裡。」

「看見了啊。」方沁愉快的笑著，「所以我在跟阿磊解說藝術的美感。」

「生氣了嗎？」

「我才不會為了無聊的兩個人生氣。」

「那、下次再帶花椰菜吧。」楊修磊自顧自的說著，「雖然不喜歡，但最近總想吃。」

「我不——」

我不會再去頂樓。想這麼說聲音卻被鐘聲打斷，鐘聲結束之後起初想說的話即使仍舊留在唇邊卻再也說不出口。

像是約定好了一樣。縱使我未曾應允，卻如同答應一般，咬著唇我定定的望著楊修磊，然而方沁忽然起身掩去我眼前的畫面。

「數學課還是不要太晚進教室比較好。」

但楊修磊似乎沒有回教室的打算，跟在方沁的身後兩步的距離之外，我知道，即使隔了五步或者六步的長度，也掩蓋不了我和他一起走進教室的事實。

況且，這一整排教室只要透過窗都能清楚的看見中庭，那個楊修磊在的位置，那個不久之前方沁也在的位置，還有一個和他們交談著卻沒有人認識的女孩。

一下課佳佳就拉著我的手衝出教室，在學生們正陸續走出教室的動作裡她沒有預告的奔跑，眼前是她飄動的頭髮和揚起的制服裙襬，除了眼前的畫面之外腦中一片空白，我只能跟著她跑。

如同沒有預告的奔跑，她同樣沒有說明就停下腳步，轉身面對著我一邊喘息一邊扯開近似於達成任務的微笑。

「為什麼，」我無法遏制自己喘息，「為什麼拉著我跑？」

「因為我很有正義感。」

「什麼？」

「開玩笑的啦。」我還在喘息佳佳就已經能夠若無其事的說話，她的眼神中流露著慧黠的光彩，「剛剛妳不是在中庭和楊修磊和方沁說話嗎？妳大概不知道，班上的女生傳紙條的速度和頻率比平常高出好幾倍，雖然上面寫的都是類似的東西。」

我看見了，平時的紙條偶爾會傳到我手上，無論是給我或者是代傳，但剛剛不僅沒有，而且還以一種刻意的方式繞過我的周圍。

「不好奇寫了什麼嗎？」

「大概是想知道為什麼我會和楊修磊說話吧。」

「那部分當然有，不過大家驚訝的還有方沁和楊修磊原來認識。」

「就算是這樣，妳為什麼要拉著我往外跑？」

「嗯、讓妳有時間想好說詞啊。」雖然覺得佳佳是個討人喜歡的女孩，但我和她並沒有特別熟，「最簡單的就是『因為跟方沁說話的時候楊修磊正好在旁邊』，不過方沁是在妳和楊修磊說話之後才出現的吧。雖然有點多管閒事，不過要是剛剛妳被班上同學纏住說不定會說出不想說的話，如果是我姊一定會說一些模糊不清的話把大家弄暈，但是一看就知道妳跟我姊是完全不一樣的類型。」

我不認識佳佳的姊姊，當然無從判斷，「所以？」

「我對於跟我姊完全不同的類型都會有莫名的好感。」不知道她是認真還是開玩笑，「所以妳可以開始想理由了。和楊修磊認識的理由。」

「佳佳，我還是一點也不明白妳想做什麼，我也不知道為什麼要特別想出和楊修磊認識的理由……」

「因為剛剛楊修磊傳簡訊給我。」在我預料之外的答案，她的臉上仍舊帶著和善的微笑，「我和他是國中同學，雖然不知道為什麼會和那種孤僻的人變熟，不過一開始很困擾，每個人都會纏著自己問東問西，確認了我和他關係不錯之後就會有流言或是有人提出某些要求，當然一不小心就把氣出在他身上，但根本不是他的錯，只是國中生能多成熟，所以之後就把他當空氣，整整一年呢，他又不是那種會問發生什麼事的人，後來是寒假到學校看見他很可憐的站在操場中央，才發現除了方沁之外他好像沒有親近的人了，然後我就走過去跟他說話了，坦白的告訴他之前發生的事，最後我們就地下化了，不要誤會，我對他一點興趣也沒有，只是以對彼此都比較輕鬆的方式來往而已。」

「簡單來說，就是身為楊修磊唯一的異性朋友我知道這有多麻煩，不過他本人也很麻煩就是，總之，那個孤僻的傢伙其實很敏感，表面上不在意但會把責任攬在自己身上，所以如果妳因為被追問而不理他，他大概會更孤僻，畢竟這種事也不是第一次發生，不只是我，就連男生也會因為喜歡的女生喜歡楊修磊，或是所有的目光都在他身上而疏遠他或是對他不友善，這樣就算了，他身邊纏著的很多都是因為他有名或是會連帶受到注目的人，真正和他熟了之後就會覺得楊修磊其實是個小可憐。」

「抱歉，一不小心就說了太多話，因為妳是開學以來他第一個提到的人，所以……」但是佳佳沒有接著說，而是看了一眼腕錶，「快上課了，要想好理由。」

「楊修磊問我有沒有看到方沁。」

我說，其實一開始就打算這麼說，看著佳佳愣住的表情我突然覺得有趣，然而也是因為她讓我更加靠近真正的楊修磊，那些線索，不是來自那些因為耀眼而遮住光源自以為明白楊修磊的人，而是在沒有日光時站在他面前的人。

「妳比我想像的還要聰明呢。」

「謝謝。」雖然這應該不算是誇獎。

「呃、不客氣。」

佳佳偷偷吐了舌頭，像是鬆了一口氣一樣愉快的拉起我的手走回教室，大家很輕易就接受了我的說詞，取而代之的是拚命想辦法解釋為什麼要拉著我跑出去的佳佳，我想這比解釋和楊修磊說話的原因來得困難多了。

雖然有點對不起她，但我覺得眼前的畫面實在太有趣了。

「她寫了滿滿三封簡訊罵我。」

楊修磊愉快的口吻滑過我的髮梢，這是我第一次聽見他帶著明顯情緒起伏的聲音，我的便當盒裡沒有花椰菜，但我終於推開頂樓的門，或許是因為沒有花椰菜才踏進來的。

「你很喜歡被罵嗎？」

在佳佳長長的話語之後我忽然感覺和楊修磊的距離並不是兩個世界那麼

遠，並不是同情，而是更踏實的知道他和一般人並沒有不同，這樣簡單的事實，即使很輕易就能理解，情感性上卻強烈的抗拒，有著太過複雜的理由，卻也簡單的只是因為他是楊修磊。

他沒有回答卻淡淡的笑了。

「沒有花椰菜嗎？」

「不是每天都會有花椰菜，今天不是花椰菜想被吃的日子。」

「妳比我想像的還要開朗一點。」

「你比我想像的還要普通一點。」

「普通很好。」他的口吻很輕很淡，卻由於太過刻意的放輕而突顯出他想藏匿的部分，「最難得到的就是普通這種東西，甚至有人告訴過我，那不是能夠得到的東西。」

「得不到的東西就算了，雖然我也不是特別豁達的人，但至少會設法在放棄或是伸手兩者之間選擇一個，一直想著『我得不到』不僅沒有幫助，而且會真的再也得不到了。」

「妳比我想像的還要正向一點。」

「看來你的想像正確率很低，所以還是不要太積極的進行想像比較好。」

「如果看見真人就不太需要想像了。」

「所以現在我是泰迪熊還是米老鼠娃娃嗎？」

「不是。」他喝了一口礦泉水，「還不到那麼可愛的程度。」

沒打算繼續接話，於是我打開便當盒安靜的進行著午餐，他今天拿著的是稍微營養一點的三明治，你是不是每天中午都來這裡，一邊想著卻沒有探問。是或不是我都沒有承接的準備。

食慾彷彿被逐漸蒸發一樣，咬了幾口青江菜之後就找不到能被稱上食慾的東西，大概是心理層面被某些什麼阻隔住，沒有食慾的同時生理卻反應著強烈的飢餓，早上太過匆忙只喝了一瓶牛奶；這時候的我大概以一種污辱便當的不美味表情咀嚼著，而這樣的表情似乎吸引了楊修磊，不經意抬起眼時發現他相當認真的注視著我。

「為什麼這樣看我？」

「很有趣。」

吞下口中的食物之後我又塞了一口飯填補空位，這次我直直的看著楊修磊，他還是以在研究些什麼的表情凝望著我。被人這樣盯著大多時候都會不自覺的產生情緒起伏，特別是異性，被喜歡的人望著的羞怯或者喜悅、討厭的人看著自己湧生的不快，或是被陌生人瞅著的困窘，但是這一瞬間我一點感情也沒有。

近似於空白但又不是空白，或許是楊修磊本身沒有釋放出可以判讀的情感，所以也就把他和他的注視切割開來，總之我又塞進了下一口飯。

「我只要不說話盯著佳佳三秒鐘以上，她就會採取沒有道理的動作。」

「例如什麼？」

「攻擊。」他稍稍皺起眉，「大多時候是直接攻擊我的臉。」

儘管楊修磊以平板的口吻說出口，然而畫面卻栩栩如生，一不小心我就笑了出來，我想大多數的女孩子都無法平穩的面對他的專注的凝望，就這點而言佳佳是正常的，只是採取攻擊作為應對也不是一般人的邏輯。

說不定就是不能夠太過正常才能平靜的接受楊修磊。

「大多數的人不太能夠承受另一個人過於專注或者過長的注視，即使對方是自己接受的人甚至是喜歡的人，有些時候正是因為太過在意對方而更加無法負荷，從眼神裡沒辦法輕易的判斷出對方的感情，到底為什麼要這樣凝望著自己，不管在自己腦中浮現的是好的方面或者是壞的方面，會快速的、大量的膨脹，瞬間就會超出承受的界線。」我終於吃完被放進便當裡的每一樣東西，「不是對方感情的問題，不確定對方的感情才是問題。」

「但是妳沒有反應。」

「比起思考你的感情和視線，對我來說更重要的是必須把便當裡的東西確實的吃完。」

然後楊修磊笑了。很開心的那種笑容。

一直帶著冷淡氣味的他在我面前笑得彷彿夏日一般燦爛，有那麼一瞬間我感到眩目，印象中的楊修磊產生微小的晃動，和我的以為或者想像或者截至目前為止拼湊起來的楊修磊稍稍錯開，輪廓有些許模糊，然而那微小的落差或許意味著我更加靠近了他的真實。

儘管我不明白那真實究竟是什麼。

對於楊修磊的注視我並不是無動於衷，儘管這是我回到教室之後才發現的事。

午休的鐘聲一響所有的學生被迫趴在桌上進行午睡，我一邊趴著試圖以平時的方式入睡，感到微微的睏倦，而楊修磊的存在正是滑過那睏倦的邊緣到達我的意識，接著在我能夠反抗之前徹底的佔領。

我感覺自己的雙頰微微發燙，不是很明白此刻的自己，但那些不明白之中摻雜了部分的否認，我一直在意著楊修磊，這是事實，同時是我刻意忽視的事實，於是面對任何關乎楊修磊的事物我都以理智作為阻擋，然而理智仍舊存在著縫隙，更何況我只是平凡的人。

我避免著和楊修磊有過多的交集，卻又彷彿違背意志一般不自覺趨近他，想著他或許就坐在頂樓，一直這樣想著，又一直讓自己不要這樣想著，拉扯之間我還是踏上階梯。

然而看見他的那一瞬間，我不知道那究竟是符合我的期待又或者是背離了我的期待。

我的意識緩慢的消散，和楊修磊這個名字被貼上的冷淡標籤截然不同的溫暖微笑漂浮著，那之中有某些什麼，也許是屬於楊修磊又也許是屬於我，稍微靠近一些他的微笑卻也飄遠了些，邊緣帶著模糊感，分辨不清的感受卡在胸口，我最不喜歡這種不上不下的狀態，但楊修磊彷彿算好角度與距離不偏不倚的嵌合在令人最難以忍受的那一點。

於是我放棄午睡。

睜開眼的瞬間我看見方沁的雙眼，托著下巴側著身不帶表情的注視著我，鐘聲還沒響，趴在桌上的同學們或許誰也沒有看見這一幕，眼前的畫面有些模糊，花了一些時間才清醒過來，方沁仍舊盯著我，眨了幾次眼我稍稍皺起眉，他卻勾起嘴角若有似無的笑了。

「要離開教室嗎？」

方沁緩慢開闔著他的唇，以無聲的言語傳遞清晰的訊息，不要，我這麼回應，然而他卻帶著笑愉快的站起身，以彷彿認定我一定會跟上的姿態，安靜而迅速的離開教室。

我不明白為什麼方沁能夠如此篤定，事實上我的確在停頓之後起身沿著他走過的路徑走去，一邊走著我一邊想著，或許某些時刻其他人反而能夠更加清楚的看見我，但也或許因為方沁的篤定而讓自己不知不覺的順著他的篤定前進。

我不明白。

至少現在的我無法斷言自己的動作究竟有多少是出自於自身意志，又有多少是被他人牽動。

「雖然教室裡的人都極力保持著安靜，但充滿各式聲音的教室外面還是安靜多了。」

「聽不懂你在說什麼。」

「就是因為太過努力想營造出『安靜』的狀態，反而拉扯出一種緊張的感覺，就連簡單的呼吸也不得不小心翼翼。」方沁望著遙遠的某一點，以輕快的口吻說著，「在那樣的狀態下，我總是不自覺的盯著妳看。」

「為什麼？」

「需要一點什麼來讓自己分心，我說過，我覺得妳很有趣。」

跟在他的身後往頂樓走去，安靜卻清晰的腳步聲迴盪在我的耳際，望著他的背影，以為他會推開通往頂樓的門，然而他卻停下動作往階梯坐下。於是我也在低他兩階的位置坐下。

然而他卻起身到我身邊坐下。

並不擁擠卻幾乎相互碰觸，抬起頭望向方沁，迎上的是他帶有某些意涵的微笑，他總是這麼對我笑，儘管能夠感覺到那之中包含著某些什麼，卻又無法切實的明白。

「妳朋友說妳喜歡阿磊，想拜託我讓妳和他認識。」忽然，沒有任何鋪陳也沒有預備動作，方沁用著淡漠的口吻說著，「因為知道我和他認識，所以想藉著我接近阿磊，雖然覺得這只是另一個謊言，但不經過確認的事總是無法肯定。」

我不知道。差一點我就笑了出來。我以為筱竹任何的動作都會明白的宣告，即使是踩過我走向另一個人，至少是當著我的面走過去，但我卻從方沁口中聽見我最不願意聽見的話。

沒有理由懷疑方沁，他也沒有任何欺騙我的理由。

「筱竹的事我很抱歉，」我想堅定的說我對楊修磊沒有多餘的感情卻沒有辦法，只能採取邊緣性的姿態隱微的帶過，「我不會透過她要求你做任何一件事，但是請你、請你不要拆穿她也不要應允她。」
「妳沒有回答我。」
「什麼？」
「妳是不是喜歡阿磊？」
通往頂樓的門猛然被推開，抬起頭站在階梯最高點的人是面無表情的楊修磊。
有那麼一瞬間三個人彷彿時間凍結一般定格在畫面之中，我望著他，逆著光我看不見任何更細微的表情，或許他只是單純的沒有表情，然而呼吸之後時間又恢復流動，方沁站起身打破凝滯輕快的打了招呼，楊修磊輕輕應聲，緩慢的走下階梯站在距離我和方沁最近的位置。
「頂樓不熱嗎？」
「有陰影，但還是熱。」
我突然想起自己還坐著，猛然起身卻太過靠近楊修磊也太過貼近方沁，抬起腳想後退卻無路可退，右腳忽然踩空，即將失衡的瞬間我感覺自己的左手和腰際被用力扯動，方沁扶著我的腰而楊修磊拉著我的左手。

「可以放開我了嗎？」

「摔下去的話如果臉先著地就糟糕了。」

楊修磊因為方沁的話笑了出來，瞪了兩個人一眼我轉身走下樓，於是樓梯間迴盪著雜亂的腳步聲，我的他的以及他的，但在我踏往最後一階時右手被輕輕拉住。

回過頭拉著我的人是方沁。

「在回教室之前先回答我吧。」

看了楊修磊一眼，方沁是刻意的，或許連楊修磊在頂樓他都知道，從一開始到現在他都是以這樣隱微卻不容抗拒的姿態一步一步的逼近，用著言語用著動作甚至用著感情；然而我不明白，也無法理解。

「我沒有回答你的義務。」

「那麼妳就回去告訴妳的朋友吧。」方沁的眼中有一種複雜的感情，他的手似乎更加用力，「我會幫她，不、是我會幫妳。」

甩開方沁的手，我沒有看向他也沒有望向楊修磊，加快腳步往女廁走去，推開門靠在洗手台旁，鏡子中倒映的是我狼狽的神情。

雙手緊緊握拳，指甲微微嵌入掌心而傳來刺痛，方沁究竟想做什麼，斂下眼我感到近似於憤怒的感情，不只是對方沁，同時是對自己，無論我如何抵抗終究不敵因為楊修磊而產生的感情，但這樣的感情卻在我願意承認之前被方沁毫不留情的戳破。

——我會幫妳。

方沁的聲音彷彿貼附在耳際，反覆的響著，我不明白，這句話的意義以及延伸的意義，無論是前者或者後者我都無法理解。

他究竟是想拉著筱竹進來而使幾乎成為混亂的現狀真正成為混亂，或者，僅僅是字面上的含義，我會幫妳，不，無論是哪一邊都不是我所期望的路徑。

我只想停在這裡。

然而我們卻不得不往前走。

縱使那是我們從來就不期望的前方。

我坐在球場旁的階梯看著筱竹積極而愉快的站在場邊喊著加油，當然不只有筱竹，還有許多圍觀的女孩，筱竹只是其中的一個；然而能夠遞水給楊修磊和方沁這個現實，塑造了她的與眾不同。

妳們只是圍觀的群眾，而我是楊修磊和方沁圈子裡的人。

彷彿為了使這個敘述更加堅定，筱竹幾乎是以一種過於張揚的態度與動作，我看見楊修磊眉宇之間的冷漠一閃而過，不是冷淡而是冷漠，不知道為什麼我非常肯定這一點，方沁輕輕的微笑，如往常一般，我卻也清楚感受到那之中並沒有任何感情。

「抱歉，趁妳不注意我就跟方沁變成好朋友了。」

筱竹拿著楊修磊和方沁的書包朝我走來，這同樣是宣示的動作，其實書包放在場邊也無所謂，但筱竹卻緊緊的抓著不放。

因為那是一種證明。

「方沁下午的時候來班上找我，害我都不知道怎麼跟同學解釋了。」筱竹幾乎是炫耀般的說著，「他說他放學後要和楊修磊一起打球，問我要不要一起去，不過這麼突然的拉妳一起來，真是不好意思。」

筱竹以幾乎沒有破綻的方式流暢的說著謊言，也許我會相信她，假使我的生活和方沁和楊修磊沒有任何交集；然而當明白對方正說著謊的瞬間起，越是完美的謊言越讓人感到哀傷以及厭惡。

我知道筱竹的這一面，一直以來都清楚的知道，偶爾讓她利用也無所謂，至少她是坦率的；然而此刻的我卻必須拚命忍耐著自己的感情，縱使能夠寬容她的利用，也能假裝不知道她的隱瞞，卻無法忍受她炫耀般的口吻。

妳究竟想對我炫耀些什麼？

踩著我想盡可能的趨近那兩個人，好不容易碰觸之後轉過頭來給我的不是微笑，而是炫耀的姿態，我突然覺得這一切實在太過可笑，也許方沁就是想讓我看見這一點，因為想動搖我，因為想戳破我自以為的寬容與退讓。

我的手緊緊扯著裙襬，視線不期然對上方沁，他揚起嘲諷的弧度，帶著球和楊修磊緩慢的朝這裡走來。

「不繼續打了嗎？」

「太熱了。」方沁用毛巾擦著臉上的汗水，「要一起去吃冰嗎？」

「好啊。」筱竹的聲音顯得太過雀躍，卻旋即換上可惜的口吻，「可是映庭差不多該回家了耶，對吧。」

我沒有說過那樣的話，也沒有不得不回家的理由，她不希望我瓜分對她的關注，無論是這兩個男人的，或是群眾的。

我演不了這場戲。

「我該回家了。」於是我說。

「那就下次吧，我和阿磊到超商買點飲料喝就好。」

抓起書包我站起身輕輕點了頭打算離開，筱竹卻伸手拉住我的裙襬，她站起身表情有些不悅卻以頭髮遮去了他們的視線。

「只是吃冰不會用掉太多時間，映庭也一起來嘛。」

「不想去就算了，我也不是很想吃冰。」

說話的人是楊修磊，筱竹詫異的轉過身，楊修磊拿起書包勾起淡淡的笑容，「我送妳回去吧。」

「可是——」

「不是正好嗎？」方沁打斷筱竹的聲音，「那就明天見囉。」

「你家跟我家不順路。」

「嗯。」楊修磊看了我一眼，「所以呢？」

「我自己回家就好了。」

「我不想那麼早回家，也不想四處遊蕩，所以送妳回家是為了我自己而不是妳。」

真是任性的人，那時候的我這麼想著，我們沒有多餘的交談，或者該說我們根本並沒有交談，安靜的踏著影子，試圖將日光拋在身後，但熱卻依然貼附在肌膚上。

很久之後我才明白那其實是屬於楊修磊的溫柔，然而我總以為那樣的楊修磊並沒有溫柔，又或者他的溫柔不會輕易的給了像我這樣平凡的人，他的存在是強烈而無法忽視的，儘管這並非出自於他的本意，彷彿太陽即使在遙遠的位置也會讓人感到灼燙，因而真正被包裹在灼燙之中的什麼沒有人願意冒著燃燒的風險掀開，人們所看見的楊修磊其實並不是楊修磊，又或者，誰也沒有看見過他。

我們以渴望的眼神凝望著火光卻又迴避著屬於火光的灼熱，這樣矛盾而殘忍的我們，儘管只要有一瞬間，零點零一秒的瞬間，想起，置身於中央的楊修磊究竟承受著如何的灼燙，或許、就能設法將他拉出火光。

然而我們沒有，誰都沒有。

「我家到了。」

「嗯。」

沒有說再見甚至沒有看向他，我逕自轉身走向家門口，花了很長一段時間我才順利打開門，我的手微微的顫抖，我沒有聽見離去的聲音，也不敢回頭確認他的離去，於是打轉在離去之前最難以維持平衡的點，旋開門的瞬間，鑰匙和吊飾相互撞擊，我仍舊沒有聽見屬於他的聲音。

才剛放下書包正要解開制服的第二顆釦子，電話響了，螢幕顯示著筱竹的名字，沒有任何遲疑我繼續著雙手的動作，換下制服紮起頭髮也替自己倒了一杯水，這之間鈴聲停了一次又接著響起。

我終於按下通話鍵。

「有什麼事嗎？」

「楊修磊真的送妳回家了嗎？」

我體內逐漸醞釀著惡意，縱使極力壓抑惡意仍舊透過縫隙緩慢滲出，如霧氣一般纏繞上我的肌膚並且爬上我的頸項繞成一個又一個圈，我感到有些喘不過氣，卻不能大口吸氣。

「他剛走。」我想像著她的神情卻是空白一片，接著想像楊修磊轉身離去的表情也徒勞無功，「妳只是想確認這個嗎？」

「我……」她想說些什麼卻彷彿找不到適當的話語，我突然發現也許我和筱竹之間的一切貧乏得可笑，「沒事啦，明天學校見。」

然後她單方面切斷了通話，對她而言或許我就是這種方便的關係，斂下眼掌心中的電話傳來微弱的溫度突顯了實感。

這世界上有太多無法輕易被否認的什麼。

再度踏進學校我才明白昨天筱竹壓抑著沒有迸發的情緒是些什麼，儘管不多但沿路仍有些女孩將目光停駐在我身上，還沒踏進教室就被幾個同學拉住手，拚命追問我和楊修磊究竟是什麼關係。

——楊修磊。

從話語中我稍微明白整個故事的脈絡，球場邊的女孩目睹了楊修磊送我回家的畫面，而方沁則帶著笑輕輕搖頭說著不知道卻透露著引人猜想的曖昧，故事裡沒有屬於筱竹的角色，她被落下了，前一刻以為自己站在中心終於成為主角，下一秒鐘卻淪落被輕易略去的旁觀者，我想更刺痛她的是，我，這個只被她視為扮演襯托者的角色。

我並不喜歡成為注目的焦點，然而這一瞬間纏繞著我的惡意彷彿得到些許釋放，有一絲隱約的快感竄過我的身體，這不應該，即使明白這點我依然控制不住那股惡意。

然而筱竹並不是按捺得住的人，這不符合她鋪排的情節，無論是誰，儘管主角不是她也不能夠是我，注視著站在我面前的這個女孩我終於明白了這一點，她需要的不僅僅是成為中心，還要有一個隨時能讓她感到優越而得到安心的對象。

幾乎是早自習結束的鐘一響她就出現在門外，旁若無人的走進教室拉著我就往外走，從這個角度看見的筱竹顯得相當陌生，或許我打從一開始就沒認識過她。或許。

最後她在走廊最末端停了下來。

我看著她，沒有打算當先開口的人，她需要有一道聲音劃破沉默，彷彿藉以宣告這一切並非以她作為起始因而她毋須擔負任何責任，她顯得有些焦躁，我明白這點，所以我通常會給她一個問號讓她能夠合理的開始說話，說她打從一開始就想說的話，但今天我沒有，我的惡意已經湧上喉頭，我只是安靜的、安靜的凝望著她的來回踱步。

她只是依藉著本能依藉著習慣來尋找一個適合放置在身邊的人，她以為我是這樣的人，或許我也一直順著她的需要成為她以為的那樣的人，這樣的關係無論對我或者對她都相對輕鬆，我想我和她都必須負起某部分的責任，最後我還是開口了。

「怎麼了嗎？」

我的話語以及連帶的問號彷彿讓她找到一個能夠大口呼氣的出口，她的動作有微妙的不同，彷彿終於有人丟出了訊號而她得以依照著預先練習的腳本進行演出。

於是我凝望著她的造作與張揚。

「我啊，好像喜歡上阿磊了。」

我突然分不清這是真的或是假的，於是我更加仔細的注視著筱竹卻依然得不到任何進一步判斷的線索。

「所以呢？」

「妳能幫我嗎？」

「我跟楊修磊一點也不熟。」注視著她幾乎確認了我會應允的神情，我不由自主的握緊雙手，無論妳如何推託最後還是會答應的，讀出了她雙眼中毫無掩飾的自信，我的語調更加堅決了一些，「更何況，我不想涉入其他人的感情問題。」

「我們是朋友啊，才不是其他人。」

差一點我就笑了出來，但我沒有，深深吸一口氣我又說了一次：「除了我自己之外的感情問題，任何人的，不管是朋友甚至是親人，我都沒有參與的意思。」

筱竹斂下了表情，接著換上質疑的神情以咄咄逼人的口吻，「妳該不會也喜歡阿磊吧。」

——如果我回答是妳會退讓嗎？

不會，連一絲的可能性都不會有，在筱竹的世界之中，她想要的就不會拱手讓人，即使是她得不到的，她也設法讓身邊的人明白「我得不到的你們更加不可能得到」，這是她長久以來鞏固自尊的方法，不會容許我成為動搖。

「我不喜歡楊修磊。」

「既然這樣，妳就應該要幫我。」

「我——」

「如果妳不幫我就表示妳喜歡阿磊。」

「這根本是兩件事。」

「對我來說是一樣的。」她認真的瞪視著我，帶著明顯的防備卻又顯得怯弱，「我真的很喜歡阿磊，所以，妳一定會幫我的，對吧？」

筱竹的姿態摻入令人不快的蠻橫，我不想忍耐卻也沒有對抗的打算，我和她之間在很久之前的某一個瞬間就已經漸行漸遠，等到我察覺到的那一刻已經無可挽回，或許筱竹也瞭解這一點卻選擇視若無睹，儘管不願意承認，我依然是她和楊修磊之間的接點，所以她仍舊若無其事的勾著我的手，即使我不經意的掙脫，她也會找到另一個空隙再次拉起我。

「妳們之間所謂的友情真是薄弱得讓人想哭呢。」方沁帶著嘲諷的笑意在我身邊坐下，手臂不經意擦過我的，他轉過頭勾著諷刺的弧度注視著我，「想這樣假裝什麼都沒有改變嗎？越是假裝只是讓妳的舉動顯得越加可笑而已。」

「那也不關你的事。」

「至少我不會戴著虛偽的面具，而且是到處都暴露著瑕疵的面具。」他伸出手撫過我的右頰，我想退開卻被他更加移動到我頸後的手固定住，「如果我和阿磊喜歡上同一個人，我也不會退讓。」

我想掙脫但他的右手卻壓制住我的左手，我移開雙眼不去看他眼底刻意顯露的情緒。

「這跟我沒有關係。」

「這世界沒有那麼輕鬆愉快，」他說，「無論多麼拚命的否認，所謂的事實，或者該說現實，依然擋在自己的面前，不僅跨越不了也無路可退。」

「你到底想做什麼？」

「我喜歡妳。」

我的身體忽然僵住，咬著唇我不看他牢牢盯著他的襯衫鈕釦，這不是突如其來的告白，我知道，他也知道，打從一開始我就隱約察覺到這一點，尤其是在他幾乎兇惡的逼迫我直視自己對楊修磊的感情的舉動中，我更加清楚的明白。

然而我並不想承認，也不想掉落他設下的陷阱或者遊戲之中。

「即使妳喜歡阿磊也一樣，對我而言並不會有任何改變，徐映庭，妳可以繼續假裝，也可以視而不見，但是我並不是一個能夠被忽視的人。」

「放開我。」

方沁猛然鬆開手，我的心臟劇烈的跳動，雙眼直直瞪視著他，這個人，眼前的這個人以我所不能想像的認真姿態凝望著我。

「徐映庭，我不只要妳記住我所說的話，還要妳牢牢的記住我。」

所謂日常這條線彷彿在某個無法辨識的瞬間岔開成為數條看不見前方的

延伸，我的日常、以及他和她的日常開始以不能控制的方式疊合交錯，每一個瞬間都可能是彼此的交點，然而每一個瞬間也都可能是彼此往截然不同的盡頭失速奔出的最後擦身。

踏著階段一步一步的聲響清楚迴盪在耳際，右腳踩在最後一階，右手擺放在門的把手上，冰涼的觸感隱約刺激著我的神經，這扇什麼也沒有的門扉背後有百分之九十九的可能也存在著什麼也沒有的風景；然而我明白，一旦推開這扇門，有些什麼就已經產生了決定性的變化，但我同時也明白，假使我不推開這扇門，那決定性的改變也依然會產生。

門的開與不開並不是最重要的，而是我的跨越與轉身。

我終於推開那扇通往頂樓的門。

遲疑了幾秒鐘我緩慢的往中央走去，輕輕的呼吸逸散在悶熱的空氣之中，吵雜的聲音彷彿來自遙遠的某處，所謂的實感逐漸從我身體內部流失，灑落的陽光，夾帶著熱氣的風，藍得失真的天空，我閉起眼，讓飄忽一點一滴佔據我的意識。

「在做日光浴嗎？」

在身體內部的最後一滴實感也流失的瞬間，他的聲音竄進我毫無防備的意識之中，於是他替代了實感，或者、成為了實感。

「很熱。」

「所以乾脆的讓太陽曬？」他愉快的笑了出來，「妳果然是個有趣的人。」

「現在不是午休，你為什麼來這裡？」

「因為看見妳走上來了。」

他說了什麼聲音卻被風打散，我聽不清楚，連帶著看不清融進反光之中的他。

「你說什麼？」

「沒有。」他走到我身旁隔著一個跨步那麼遠，「我只是剛好有了蹺課的心情。」

「啊、鐘響了嗎？」

「既然沒聽見，那就當作這節下課時間特別長吧。」

「楊修磊。」

「嗯?」

「沒事。」我拉回視線望向那朵孤獨掛在藍天上的白雲,「只是想確認一下。」

「如果要確認的話……」

忽然他伸出手輕輕拉住我的,我側過頭望向他過於精緻的側臉,唇邊彷彿有淺淺的笑又或者沒有,他的體溫從掌心傳遞而來,太陽很大,站在毫無遮蔽的頂樓中央很熱,非常的熱,他什麼話也沒有說,我們之間依然隔著一段空白。

我跟他,有那麼一點靠近,卻又有那麼一點遙遠。

「方沁說他喜歡妳。」

他的聲音之中沒有能夠被解讀的情緒,他還拉著我的手,他的掌心除了體溫之後也沒有其他能夠被解讀的東西,楊修磊總是不帶感情的掀起他人的感情,這樣不公平,我這麼想,但這樣的不公平事實上是一種傾斜,他在他自身的世界兀自說著,而其他人卻被捲入他的世界聽著他說話。

無論是擁抱或者是交疊的雙手，或許、對他而言從來就沒有任何延伸的意義。

那些看似沒有盡頭的，都是想像。不屬於他的想像。

所以我沒有說話，或許是沒有說話的把握，也許在微微的顫動裡他就會輕易看穿我的感情，方沁的舉動是種試探，不是對楊修磊，而是對我。

「我不知道他為什麼要告訴我，雖然從小就認識了，但是他從來沒有對我說過這些事，所以我想，大概是想透過我把這件事告訴妳也說不定。」

忽然有一陣風吹來，悶熱的，抬起頭我望向他的側臉，接著意識到，能夠如此平淡的對我說出這些話，我想我在他的心中並不足以引起任何波瀾。

方沁總是太過縝密又太過殘忍。

「我不喜歡方沁。」

「那跟我沒有關係，不管是妳的感情還是方沁的感情，都跟我沒有關係。」

「任何人的感情都和你沒有關係嗎？」

「大概。」他冷冷的說，「至少現在，我並不在乎任何人的感情，包括我自己。」

「包括你自己。」我喃喃的複誦。

「因為這不是我要的人生，現在的我也不是依照我自身的樣態而行動，對於這樣的自己，或者應該說對於這樣的楊修磊，無論考慮再多，都只是一種演出般的虛偽。」他緩慢的將頭轉向我，「現在的楊修磊並不是我，所以這個楊修磊的感情也跟我沒有關係。」

「那麼你呢？」

安靜的注視著楊修磊，關於他，打從一開始我就沒有進行過定義，他不是一個適合被定義的人，我一直是這麼認為的，又或許，我根本不知道該從哪裡開始定義這樣的一個人。

在我的世界裡，無論是他的出現或者是他的存在都是難以被說明的，像是在和式簡樸的房間中央的矮桌旁擺上一架洛可可風格的單人沙發，突兀卻不那麼格格不入。

於是我的眼光總是不經意投向那端卻又不感覺衝突。

我想是我察覺得太過慢了一些，又也許是我抗拒得太過完美，如果沒有方沁的介入，也許，我始終會瞇著眼注視著他。但也就只是注視而已。

然而這一瞬我卻站在他的身邊。

這個他，也許是楊修磊，又也許只是一個「他」，其實我並不那麼在乎，我所看見的那個存在，單單是眼前這個人罷了。

「一旦在乎了，我就不會安分的成為楊修磊了。」

「楊修磊本來就不適合安分。」突然覺得有些好笑，從楊修磊口中聽見安分這樣的詞彙，又感覺這樣的落差讓他的存在更加貼近地面了一點，我扯開淺淺的笑容，瞇起眼開心的望著他，「楊修磊不適合安分，但不安分又符合楊修磊，這樣，換成我就不知道該怎麼做了。」

「妳真的很有趣。」

他笑得好開心，笑聲的震動讓印象中屬於他的畫面微微顫動了起來，楊修磊的一切忽然顯得有些模糊，卻又逆向增添了清晰的弧度與稜角，我收回視線，手依然被他輕輕握著。

輕、輕，的，恍惚。

「很熱。」

「嗯、很熱。」

也許很久很久以後，我會記得的就只有這樣的炙熱，但對於楊修磊，其實就只要記得這樣的炙熱就夠了。

——那麼你呢？

她安靜的凝望著我，屬於她的溫度從掌心透過來，這時候我才發現她的體溫很高，大概是曬了太久的太陽，我不自覺加重了自己的力道，試圖確認她並不是由於溽暑的海市蜃樓。她依然站在我的面前，等著我的回答，沒有逼迫卻默默的等著。

這些年來，我穿著被定義為「楊修磊」華麗戲服站在聚光燈之下，曾經我想脫下卻發現那服裝緊緊黏附在肌膚之上，望著總是完美演出的哥哥我心底湧生更深更沉的悲哀，他的雙眼之中帶著深不見底的幽黑與阻擋，我知道，他很早之前就已經放棄了，他失卻了掙脫的意念，帶著只有自己能夠舔舐的悲哀感賣力演出，也許有一天當戲服和自己幾乎密不可分也無法切割，那麼，他就能夠假裝那起初就是自己。

但我不能。

保持沉默已經是我所能做的、唯一的事了。

然而她在乎的並不是每個人都期盼的楊修磊，而是我。

「一旦在乎了，我就不會安分的成為楊修磊了。」

「楊修磊本來就不適合安分。」

她的唇邊漾開淺淺的微笑，她不是一個非常漂亮的女孩，只是那瞬間，她的美麗不顧一切的滲透進我的世界。

我只是望著她。望著她唇邊的笑。

「楊修磊不適合安分，但不安分又符合楊修磊，這樣，換成我就不知道該怎麼做了。」

怔忪了幾秒鐘，突然我笑了出來，愉悅的、放肆的笑了出來，「妳真的很有趣。」

「很熱。」

「嗯、很熱。」

但我和她依然站在炙烈的日光之下，隔著一段距離拉著手，沒有多餘的意思，只是一種確認。有些時候人並不那麼肯定也不那麼勇敢，縱使就在身旁雙眼也能清楚看見，反而因為太過清楚而更加不敢確定。

我不在乎這些，那些勇敢以及懦弱跟我也沒有關係，我始終是這麼想的，然而這一瞬間，我忽然明白，也許自己並不是不在乎，而是不敢去在乎這一切。

一旦伸出手，說不定會發現那不過是海市蜃樓，但她仍舊站在我的身邊，安靜的、甚至沒有特別的存在感，但確確實實在我身邊。

不是在楊修磊的身邊，而是在我的身邊。

筱竹闖進了我以為不會被侵入的頂樓。

一推開門我就聽見她的聲音，以過於張揚的姿態舞弄著愉悅的語調，我停在門邊，應該轉身離開的，我想，拚命的這麼想著，然而我的右腳與左腳卻背叛了我的意志。

「啊、映庭。」

她以過分甜膩的語調喊出我的名字，不自覺皺起眉，任憑她親暱的將我拉到她身邊坐下，她坐在中央，我幾乎看不見楊修磊，也聽不見他的聲音，彷彿誰封鎖住他的喉嚨，但筱竹不在意，即使三個人之間只剩下她的聲音她也不在意。也或許是不能夠在意。

沒有人問她為什麼會出現在這裡。這裡。我吞嚥著調味顯得太淡的青江菜，一邊思索著自己或許並沒有資格說出「這裡」這樣的詞彙，也許頂樓屬於楊修磊，但並不屬於我，打從一開始我也是相同的闖入者。

沒有任何食慾，飯盒裡還剩下三分之二，我蓋起盒蓋，緩慢的站起身，凝望著身下並肩而坐的他以及她；差一點點，就差那麼一點點，我幾乎以為我即將要觸碰到楊修磊，但我想，那或許只是悶熱日光之下產生的失真。

「我要回教室了。」

筱竹也許說了什麼，又也許沒有，總之楊修磊沒有說話，任何的話語都沒有從他的口中被扔擲而出，階梯出現在我的面前，而方沁也隱沒在之中。

斂下眼我一階一階踩踏而下，經過他的身側方沁忽然拉住我的手，「對阿磊而言，誰都是一樣的，他的身邊也許有一個空缺，誰都以為自己能夠填滿，但卻不願意承認，那是誰都能夠填補的空缺。」

——那並不是誰都能填滿的空缺。

我沒有反駁方沁。

沒有一個空缺是誰都能填滿的，也許能被填補，但不被填滿的空缺依然是空缺，十公尺深的洞與十公分深的洞，或許，會拚命說服自己那剩下的十公分就忽略吧，畢竟，都已經幾乎貼近地面了；然而這不過是讓自己顯得更加悲哀的說詞，正因為那十公分，刺眼的空白反覆而無情的提醒自己，無論多麼貼近水平，洞依舊沒有被填平。

面對十公尺深的洞由於範圍太大而看不清自己心中真正失落的是些什麼，但那十公分，就只是那十公分，縱使只有一公分，都意味著那些急欲藏匿卻被迫揭開的部分，這樣的落差正是失衡的起點與終點，我們從那一處陷落開始晃動，總有一天，也會在那處空白跌落。

我們逃不了。

打從一開始就逃不了。

「一旦開始試圖填補阿磊身邊的空缺，就會逐漸陷入無底的黑洞。」方沁的手太過用力了一點，細微的疼痛爬上我的手臂，但我沒有喊痛也沒有抬頭，安靜的盯望著階梯下的空無一物，「楊修磊和我們是不同世界的人，無論多麼貼近，就算能夠肩靠著肩，也跨越不了那道界線，很久以前我就知道了，這不是努力能夠解決或者改變的事情，無論是我們這方拚命的跑過去，或許是他不顧一切的想衝過來，除了傷痕累累之外什麼也不會改變。」

「你有沒有想過，正是因為每個人都和你一樣認為他和自己屬於不同世界，而一點一點將他推往另一邊。」我深深吸一口氣，「我以為你們是朋友。」

「那麼楊筱竹不是妳的朋友嗎？」

我沒有回答也沒有說話，甩開他的手我踏下階梯，方沁看得太過清楚，因而每一個字都確實刺中最疼痛的那一點；其實我分不清楚，方沁所做的一切究竟是殘忍或者是溫柔，每一個舉動都如同揮舞著利刃往我的血肉劃下，然而我又明白，他不過是想拉住我，在我墜落之前逼迫我離開懸崖邊。

但他不知道。我也不知道。那一瞬間，在我推開門的那一瞬間，我已經開始墜落。

我們都在墜落。

以沒有人察覺到的方式，失速、往那深不見底的深淵墜落。墜落。

然後我們終究會發現。

直到那天到來之前，我們也只能在相互纏繞的絲繩拉扯下不由自主的往前走，縱使明白這件事，我想，我們依然改變不了現狀。

這和青春和命運無關，而是我們之間誰都沒有解開束縛的意念。儘管明白自己正被綑綁，也沒有掙脫的、意念。

方沁喜歡徐映庭。

不到一個下午這句話已經從任何可能的縫隙滲透進每個人的身體裡，方沁望了我一眼，對著身邊的人揚起愉悅的微笑，不承認卻也不否認，他知道，這會讓流言更加劇烈的蔓延。

「方沁真是奇怪的人。」

「嗯？」

佳佳偏著頭注視著方沁在的方向，沉吟了好一陣子，「比起楊修磊，我覺得方沁更難捉摸。」

「大概吧。」

佳佳沒有問「那妳喜歡方沁嗎？」這類的問題，女孩們繞在我身邊反覆的問著，她們不願意接受我的肯定，也不準備接受我的否認，我沒有想那麼多，輕描淡寫的帶過，每個人心中都有一個預設答案，超出那範圍的無論是實話或者謊言都不想承受，我想她們對方沁也沒有所謂的戀愛感情，單純只是不願意放棄生活中貼近自己的想像。

「雖然我認識楊修磊多久就認識方沁多久，跟他卻總是熟不起來，楊修磊雖然冷淡但其實很簡單，只要被接受了就能接近，方沁一直很有禮貌也能稱得上體貼，但就像在兩個人之間量好了一段距離，就只能那麼靠近了；我問過阿磊，他沒有回答我，每個人都有每個人的生活方式，他這樣對我說，但我就是不喜歡，不是不喜歡方沁，而是不喜歡在自己身邊圍了一個防禦的圈這件事。」佳佳輕輕嘆了一口氣，「那讓人覺得很哀傷。」

「哀傷？為什麼？」

「那麼堅實的防禦，到底是為了不讓其他人靠近，還是不讓自己靠近其他人呢？」佳佳的聲音彷彿來自相當遙遠的地方，「即使感受到站在中央的人很孤獨，自己卻一點辦法也沒有。」

我總有種佳佳並不是在指涉方沁的感覺，但我沒有探問，這不是我該窺探的部分。

沉默在我和她之間緩慢的延伸，不讓人討厭，單純只是沒有特別想說的話而已，我以為佳佳不是耐得住安靜的人，卻意外的讓人安心。

「討厭，怎麼會突然下那麼大的雨？」在佳佳的驚呼之中我才發現雨來得如此猛烈，我沒有帶傘，她也沒有，「放學之前不會停的樣子……」

「那就淋雨回家吧。」

沒有選項的時候其實並不是不存在著選項，只是通常那是我們不將其作為選項思考的部分。

「是佳佳的同學嗎？」

「嗯。」

撐著傘站在大雨中，聲音顯得失真，她的臉蒼白得讓人感到害怕，揚起淺淺的笑容她伸出手將傘遞給我。

「麻煩妳拿給佳佳。」

「好。」

還沒接過傘就看見她抬起眼，順著她的視線我看見朝我走來的楊修磊。

「雨很大。」不是對我說，而是對她。

「佳佳會生氣。」

「但妳還是來了。」

「我只是路過。」愣了一會兒終於我接過傘，「謝謝妳。」

接著沒有道別也沒有鋪陳她就轉身往雨的更深處走去。

「她……？」

「佳佳的姊姊。」楊修磊望著她逐漸退去的身影，聲音被淹沒在雨裡，相當勉強我才能拼湊起被吞噬的內容，「每個人的心裡都存在一個跨不過的坎，我哥在我的面前，她在佳佳的面前，或許這是我和佳佳處得來的原因。不要追問最好也不要提起，只要把傘拿給佳佳就好，反正該知道的就會被知道，傘的本身已經太過沉重。」

我不懂。也許不是我該懂的事情。

「我不知道你有哥哥。」

「是個很優秀的人，我哥。」他的聲音透著我分不清是冷漠還是溫柔的氣味，對立的感情卻模糊成一片，雨聲很大，我只能努力的聽著，「但是我很怕有一天我會成為像我哥那樣的人。」

害怕。這樣的字從楊修磊的口中說出顯得有些不真實，凝望著他精緻的側臉我不自覺的脫口而出：「為什麼？」

「因為所有的人都期望我成為我哥那樣的人，一個符合他們期望的人，他們希望我成為『楊修磊』，一旦成為楊修磊，我就沒有我了。」

忽然間他顯得太過飄忽，傘的重量微微拉扯著我的右手，我伸出左手拉住他的手腕，我感覺到楊修磊微微的顫動，其實我不那麼明白，我只是突然有種「如果不伸手拉住他就會飄走」的感覺，他轉過臉安靜的凝望著我。

最後，緩緩的揚起微笑。

她伸手拉住了我的手腕，不是很用力卻讓我不由自主的感到顫慄，

一直以來我都認為自己能夠承受所有的孤獨，我不需要任何陪伴或者支

持，又或者從很小的時候我就意識到陪伴和支持是種遙不可及的奢望，哥站在我的面前擋住了某些什麼，也可能因此他大多時候總是背對著我，所以我看不見他的無奈；然而我不再是能夠被他保護在身後的小男孩了，我長得比哥還要高，即使他依然站在我的前方我卻還是看見了。

那些期望。期望。事實上是一種逼迫，爸以嚴厲的姿態盯視著我和哥，媽則以愛為武器壓迫著我和哥依照著她的盼望生長，曾經我想逃離這一切，卻又想到留下哥一個人面對並且承受太過殘忍，於是日復一日「我」和「楊修磊」僵持不下，動彈不得。

我凝望著她，安靜的、漫長的，猛烈的雨包覆著我和她，彷彿被切割開來的空間喧囂至極卻又沉默至極；她的臉上沒有特別的表情，手還拉著我，那瞬間我感覺某種踏實在我體內蔓延開來，這個世界第一次顯得如此真實，卻不帶有殘忍。

輕輕揚起嘴角，她只是望著我，沒有給我更多的反應，忽然間我非常想確認，眼前的這一切說不定只是我的錯覺，於是我伸出手將她拉進懷裡，她沒有掙脫也沒有回應，安靜的將臉頰貼靠在我的胸口，溫熱的觸感從那一點開始擴散。

——我喜歡徐映庭。

突然我想起方沁那天對我說的話，我並不那麼明白所謂的喜歡，有很多人以不同的語調與姿態對我說著「我喜歡你」，但沒有一道聲音真正穿透進我的胸口，對我而言感受到的並不是虛假卻帶著某些虛幻，像是從非常遙遠的外太空傳來的訊息一樣模糊又帶點失真；然而這一秒鐘，她沒有任何聲音也沒有任何動作，卻有某些什麼竄進我的胸口。

溫熱的，確實的，非常靜默的。

「鐘聲響了。」她說。

「嗯。」

我鬆開她，她緩慢的往後退了一步，我的胸前還留有她的溫度，比剛才她貼靠著的時候更加清晰的感受到。

「為什麼要抱我？」

「只是想確認。」

她沒有追問，凝望著我幾秒鐘之後又轉向猛烈的雨，「要去上體育課。」

「妳去吧。」

「嗯。」

她轉身往體育館的方向走去，沒有刻意加快步伐也沒有放緩腳步，望著她飄動的短髮，她的手上還握著要給佳佳的傘。

這場雨，大概是不會停了。

我的肌膚上還殘留著屬於楊修磊的溫度與氣味，儘管是擁抱我卻感受不到任何感情起伏，他說他只是想確認，我不知道他想確認的究竟是些什麼，但衝撞在我腦中的意念卻鼓譟得讓人難以平靜，緊緊握著手中的傘，或許所謂的確認就是這麼一回事，必須藉由某些什麼，與自己無關的什麼，試圖掌握一些踏實。

「傘。」

將傘遞給佳佳時她微微一愣，神色複雜的接下了傘，謝謝，接著這麼對我說，沒有任何的詢問也沒有說明，該知道的就會被知道，我的耳邊響起楊修磊的聲音，但我仍舊不明白哪些是該知道而哪些又是該被知道的。

自由活動。期中考之後的體育課總是自由活動，佳佳握著傘還站在原地，同學喊著要一起打球她也只是搖了搖頭，逕自走往排放在牆邊的塑膠椅。安靜的坐下。

或許還是有太多我無法瞭解的什麼。儘管那就在我的身邊。

——方沁。

他的神色有些緊繃，我能感受到某些視線投注在我和他身上，抿著唇他以沒有留下任何縫隙的姿態盯望著我，猛然拉起我的手肘，不由分說的將我拉往體育館外的走廊。

有一些人跟著出來，但他不在乎，我試著掙脫但方沁似乎沒有鬆手的打算。

「你要做什麼？」

「我不知道。」他說，目光之中隱約透著哀傷，卻被憤怒的薄霧給掩蓋，「我不知道自己該做些什麼，又能夠做些什麼。」

我們都只是在原地不斷打轉的陀螺罷了。

他幽幽的嘆了一口氣，兀然鬆手，鬆開之後彷彿用盡了所有力氣般無力的垂放在身側，雨聲吞沒了彼此的呼吸，我抬著頭望著方沁，這個人，我並不討厭這個人，只是偶爾會感到有些害怕，他所看見的我或許比我所能夠看見的還要更多。

「我到底該做些什麼，才能稍微瓜分一些妳的目光呢？」

我看見她在阿磊懷裡。

她是特別的。打從一開始我就知道這件事，不僅僅對我而言是特別的，而是她的存在本身就是特別的，儘管她總是安靜的隱沒在群眾之中，卻閃著淡淡的微光，不仔細看一不小心就會忽略，然而一旦發現了，就從此震懾在她的柔光之中再也不可自拔。

但那樣的她卻望著阿磊。

我想她也還沒察覺，說不定永遠不會察覺，有一瞬間我是這麼想的，只要掩去所有的線索，她就不會明白自己的眼神為何流轉，但我知道，縱使她喪失了所有線索，在我和她之間也依然存在著阿磊的影子，所以我開始逼迫她看穿自己。

楊修磊沒有愛。至少現在沒有，因為靠得相當近所以能夠肯定這一點，她也逐漸的碰觸到他的邊緣，一旦貼靠上邊緣就會比誰更加瞭解阿磊的遙遠，那裡存在著無法跨越的阻隔，越想靠近就會越加無能為力。

我的感情與自私讓我變得殘忍，我一步一步將她推向阿磊，為了讓她明白那段鴻溝，也為了避免她跌入懸崖，我小心翼翼又戰戰兢兢，有好幾次我都想將她拉回自己的身邊，然而她的雙眼卻還是尋找著另一個他。

於是我開始動搖。

不是對於她的感情，而是發現阿磊的世界逐漸產生裂縫，或許她真的太過特別了一點，說不定她真的能夠踏進阿磊的世界，想到這個可能性我就感到害怕。非常的害怕。

但我卻無能為力。

雨的聲音幾乎要撐爆我的身體，除了雨之外我聽不見任何聲音，隔著一段距離我望著眼前擁抱著的她和他，我甚至不敢去思考眼前畫面的含義，卻又移不開目光。

她和他說了些什麼，接著她轉身往另一邊走去，也許是上課鐘響了，我想追上她的身影卻看見朝我走來的阿磊。

忽然間，一股猛烈的憤怒自體內竄上，我握緊雙拳等我意識到時就已經往阿磊的臉上揮去，一道血絲自他的唇邊流下，他沒有回擊也沒有說話，用手背擦去血痕，安靜的望著我。

我終於明白那股積聚在自己體內的憤怒並不是對於他而是對於自己。

「如果我要你離她遠一點，你會嗎？」

「不會。」

沒有摻雜任何猶豫，我想，阿磊的世界到底是開了一道縫隙讓她踏入了。

「我不會放棄她。」

「這些，都是她才能夠決定的。」他用著冷淡的語調，彷彿不帶任何感情，我卻發現一閃而過的溫柔，不應該屬於楊修磊的溫柔，「在她想移動之前我也會就這樣站在原地。」

或許打從一開始我就被排除在外。

阿磊走過我的身邊，我握著拳往她消失的方向跑去，踏進嘈雜的體育館內幾乎是一眼瞬間我就發現了她，連思考的餘地也不剩，我的雙腳便往她在的地方走去，蠻橫的拉著她的手往體育館外走去，她的溫度從掌心透過來，我想擁有這些溫度，但卻不是她給的。

「你要做什麼？」

「我不知道。」深深的凝望著她，看見她瞳孔上自己的倒映我卻感覺到濃烈的空虛，「我不知道自己該做些什麼，又能夠做些什麼。」

忽然我鬆開手，彷彿已經沒有更多的力氣能夠繼續抓住她，隱微的嘆了一口氣，她就站在我的面前，但卻也只是站在我的面前。

「我到底該做些什麼，才能稍微瓜分一些妳的目光呢？」

我究竟能做的是些什麼呢？

其實我也就只是希望，妳能夠看著我而已。僅此而已。

雨果然沒有停。

站在迴廊下望著依然無止盡的雨，有好幾個人在猶豫之後終於衝進雨中，也有兩個或三個人蜷縮在一把雨傘下，又有幾個人等到了送來的傘，發現之後天色暗了一半，廊下也只剩下我一個人了。

其實連猶豫的必要也沒有，雨不會停，而我沒有傘，除了衝進雨中其餘並不存在著選項，然而我依舊猶豫著，一邊想著這是徒勞無功的猶豫，一邊做著徒勞無功的猶豫。而時間就這樣在徒勞無功裡流逝而去。

「雨不會停。」

楊修磊的聲音自身側響起，我沒有回頭，我猜想我不該在這時候回頭，我的胸口還留有方沁掀起的波瀾，「我知道。」

「但是妳還站在這裡。」

「即使知道自己只剩下一個選項，也不得不選擇那個選項，但卻不會因此改變『不想』的心情。」

他忽然笑了。

「選項之外可能還會有選項。」他說，「至少我希望能這麼相信。」

他將外套披在我的頭上，伸出手摟著我的肩膀，我的思考忽然一片空白，鼻尖繞著屬於他的氣味，外套之下的我和他彷彿被隔離在世界之外，又或者世界被我和他隔離在外，我不知道，那一瞬間的我無從思考也沒有餘力思考。

「跑吧。」

——跑吧。他說。透著細微的笑意。

跟著他的腳步我的白色布鞋就這樣踏上了濕漉漉的地面，濺起的水花沾濕了長襪，雨的重量打在我的身上，貼靠在他的懷裡我感覺到雨從右側爬上我的肌膚，我的身體兩側開始失衡，左邊的熱與右邊的冷，但是逐漸、我的身體被熱氣包覆，我和楊修磊還在奔跑，外套擋不住大雨，儘管一開始就明白，卻想著盡可能抵抗，這或許就是楊修磊。

「還是濕透了。」

「嗯。」

站在騎樓下我輕輕的笑了，髮梢和衣服都滴著水，滴滴答答的響著，雖然聽不見但我卻能夠想像那樣的聲音。

「我們自己也在下雨。」

「這樣就不用抵抗雨了。」

「所以、我們變成雨。」

於是我和楊修磊以散步般的步伐行走在大雨中，雨打在身上很痛，必須不斷擦拭才能勉強看見前方，但我卻能夠非常肯定楊修磊就在我的身邊。

好不容易走到我家，他卻轉身就要離開，下意識拉住他，將他自雨中拉進我家簷下，「雨淋太久會感冒。」

但其實，我只是忽然對於要一個人走進雨中的楊修磊感到心疼罷了。

「怎麼淋成這樣？」

我還來不及介紹楊修磊媽就將我們分別推進一樓和二樓的浴室，換好衣服將頭髮吹乾一踏進客廳就看見媽催促著他喝下熱茶，他穿著哥的衣服，乖順的喝著茶。

「映庭妳也過來喝熱茶。」

「好。」

坐在楊修磊旁邊的空位，我端起茶緩慢的啜飲，一邊聽著媽絮唸著「也不會去超商買件雨衣」一邊又催促著我們喝下熱茶，坐在我旁邊的真的是楊修磊，我感到突兀卻又自然。

「他是我同學。」

「在妳想到之前他就打過招呼了。」媽站起身，「多喝幾杯，喝到身體整個熱起來為止，你們兩個都是。」

「知道了啦。」

「我看今天雨是不會停了，晚一點映庭爸爸下班之後再送你回家。」楊修磊想要婉拒，媽卻在他開口之前接著說：「映庭討厭下雨，如果不是你，她大概回不了家，還要等到她爸爸下班再到學校接她，一個人待在學校多危險，你幫了很大的忙，所以一點也不用客氣。」

媽說完之後就往廚房走去，客廳裡剩下我和楊修磊兩個人和一壺冒著煙的熱茶。

「妳討厭下雨？」

「一半。」捧著瓷杯我盯著冉冉升起的煙霧，爾後旋即消散，「我不想淋濕，總覺得雨的味道怎麼洗都洗不掉。」

「雨是什麼味道？」

「類似寂寞的味道。」我淺淺的勾起嘴角，「雨有一種很特殊的味道，下雨的時候就能隱約的聞到，但那跟沾上雨的濕氣截然不同，一旦身體被雨水黏附，那股氣味彷彿會緩慢的滲透進自己的身體，類似寂寞卻不是寂寞，多了一點空虛又少了一點孤獨，我想還混著雨的喧囂與鼓譟，我不討厭雨，但我不想被雨的氣味纏上。」

「所以妳害怕的其實是寂寞？」

「我不知道。有很多跟自己有關的事情我反而一點也不清楚，只知道有些部分自己下意識的抗拒，那時候就解讀為不喜歡，但是最近我才慢慢發現，所謂的感情比我以為的還要複雜一百萬倍，有些時候拚了命去抵抗的，反而是自己最喜歡的東西。」

「是嘛。」

「但是我想，大概每個人都害怕寂寞吧。」

「不知道。」他用著非常遙遠的口吻，「在能夠分辨害不害怕之前就已經習慣的話，大概往後也沒有辦法確認自己究竟害不害怕了。」

——習慣。寂寞。

我輕輕握著他的手，跟我自身的感情無關，純粹是認為這一瞬間這是自己該做的事。

「寂寞有很多種，但最寂寞的寂寞，是看不見自己的寂寞。」我微微施力，「所以寂寞也沒有關係，因為感覺到了，所以就能設法將寂寞拋出去，總有一天，會有一個人承接住自己的寂寞，那時候，寂寞就會慢慢被吞噬。」

「承接住寂寞的人不會比一開始更加寂寞嗎？」

「嗯、我一直相信，這世界上一定存在著能夠吞噬彼此寂寞的兩個人，自己是沒辦法消化掉自己的寂寞的，所以需要另一個人，這樣的兩個人，一點一點的將對方的寂寞縮小，也一點一點的縮小彼此的距離，最後，到了能夠擁抱的長度，那麼就不寂寞了。」

我希望你能夠遇見這樣的一個人，縱使不是我。

「如果下次沒有帶傘，我再陪妳跑回家吧。」

「嗯。」我始終沒有鬆開握著他的手，「如果可以的話，你能夠記得帶傘就更好了。」

於是他笑了。

那一瞬間，我忽然明白，我對眼前這個人仍舊是有所貪圖的，至少、如果能夠看見他這樣的笑，即便不那麼燦爛，又或者是千分之一秒的閃現，依然會成為烙進我心底的痕跡。

所謂的愛也許比我所想像的還要輕還要淡，他和我之間或許什麼都不會有，但我和他之間所擁有的卻已經太多了。

我和方沁之間有微妙的緊張，誰都沒有刻意閃避，卻也沒有趨近的意圖，有好幾次我對上他的注視，他總是凝望我幾秒鐘之後緩慢移開，還來不及揚起就已經落下。

和他的流言蜚語也一樣，眾人的猜想在缺乏線索之後逐漸意興闌珊，我以為日子會開始平靜回到起先的軌道，卻忘了筱竹還夾帶著她的感情逼近，直到她隔了一段時間又站在我面前，我才意識到，她有多麼想往中心奔去。

無論那裡是否存在著位置。

「因為期中考的關係我們好久沒有一起吃飯了呢。」筱竹親暱的勾著我的手臂，拉著我往頂樓走去，我想掙脫卻又想見到楊修磊，於是帶著複雜的心思一步步踏上階梯，「我是認真的，對阿磊的感情。」

我的身體微微僵住，望著她推開通往頂樓的門扉，瞬間湧進雙眼的光芒讓我不得不閉起雙眼，再度睜開我誰也沒看見。

「他不在這裡……」筱竹鬆開了我的手，她的長髮隨著風微微飄動，緩慢的轉過身面對我，「我是真的喜歡阿磊。真的。」

真的。她用著強烈的口吻又強調了一遍。

「妳沒有必要說服我。」

「我想站在他的身邊，不管犧牲多少。」

——我想站在他的身邊。

咀嚼著筱竹的話意我盡可能的消化並且吞嚥，也許她是真的如她所強調的喜歡楊修磊，但更加刺眼的是那份想站在中央的心思，這也許是種傷害，對於楊修磊，我忽然這麼想，這無關他的愛與不愛，而是一個又一個以愛為名趨近他的人貪圖的卻是閃耀的光芒，試圖將他身上的光佔為己有，我想楊修磊不會在意，畢竟那樣的奪目他從來就不想要，只是他卻因為那樣的絢爛得不到自己想要的愛。

或許他也就只是期盼有人能夠在逆光之中試圖看清他而已。但那也不過是我的揣想。

揣想。

對於楊修磊的一切究竟有多少是我自身添加而進的揣想，我不知道，也不會知道，可能也沒有人會知道。

「所謂的犧牲到底是什麼？」我以平靜的目光望著筱竹，「這樣流暢的說著，能夠犧牲一切，無論是什麼都無所謂，但是妳所謂的犧牲到底是什麼？」

不過就是一種造作的旗幟，揮舞著、試圖掩飾對楊修磊的貪圖，說著，我是犧牲了一切才走到你身邊，但那從來就不具備必要性，所謂的愛每一步都是犧牲，但也每一步都成為得到。

筱竹沒有回答我，以抗拒的眼神盯望著我，最後她依然什麼話也沒有說，斷然的轉身離去。

在所謂的日常又逐漸混亂但仍舊平靜的某個下午，她突然出現在我的面前。

飄動的裙襬、纖細的手腕、搧動的睫毛，我能夠汲取的畫面零碎而片段，也許這是種抗拒，她的唇邊掛著淡淡的笑，我不認識她，但整間學校的學生都知道她。

筱竹曾經提過的，學姊。

那應該是遙遠而無法企及的學姊，卻站在我的面前。

「妳是映庭吧。」她的聲音溫溫軟軟，沒有壓迫也沒有試探，但太過美好的微笑讓人不願意更加靠近，「我聽沁提過妳。」

沁。她以日常的口吻這麼說著，親暱的，卻隱微。

她拉起我的手，緩緩的踏前一步，來來往往的學生不自覺的將目光投往這裡，無論是她是方沁或者是楊修磊，都屬於這類型的人，儘管什麼都沒有做也會引來關注；我想離開，我一點也不想站在這樣的中央。

「無論是我、或者沁，更不用說是阿磊了，這樣的視線已經是我們的日常，圍繞在我們身邊的很多人，正是為了追求這樣的注目而不斷趨近。」她沒有放開拉著我的手，用著另一隻手輕輕撥著我的瀏海，「但是妳不是那樣的人。妳不是想成為焦點的人，甚至避免著成為焦點，所以沁被這樣的妳所吸引我一點也不感到意外，甚至、對於阿磊接受妳這件事，我也認為是相當自然的一件事，只是，對於本質截然不同的兩種人，保持適當的距離是最好的，一旦太過靠近，一定會受到傷害的。」

「為什麼要對我說這些？」

「我不希望沁或者阿磊受到傷害，妳不會明白，即使拚命想理解也不會明白，對我們而言愛是虛幻甚至荒謬的，儘管也想得到，但碰觸到的卻只剩下空虛。」忽然她鬆開我的手，唇邊的微笑帶著相當遙遠的意味，「但是沁還不明白，阿磊也還不明白，所以，對於妳的存在，說不定是好事。」

「我沒有想要攪和進他們生活的意思，何況是愛。」

她斂下眼。

「所謂的愛呢，單憑我們的意志是無法左右的。」她再度抬起眼深深凝望著我，「更何況，他本身就是漩渦。」

她沒有任何的解釋，什麼也沒有。

他。

漩渦。

「妳是故意的嗎？」

「我不懂妳在說什麼。」

筱竹拉著我到走廊的盡頭，全身被憤怒圍繞，我斂下眼不願意望向這樣的她，她卻逼迫著我讓我不得不看著她。

「除了方沁跟阿磊還不夠嗎？現在連學姊都沾上了，徐映庭，妳不是一直說妳對這些沒有興趣，也不想成為焦點，妳根本是在說謊，現在學校裡的每個人都知道徐映庭這個人，不要面無表情的假裝與妳無關，妳明明知道我有多努力想站在中央，但是妳卻一邊說著不要一邊得到了這一些。」

這從來就不是我要的。

但我沒有說話，那些自己想要的別人卻輕易得到了，儘管那對別人而言一點也不需要，但我們沒有辦法接受這一點，任何的辯駁都不會願意聽見。

「妳為什麼不說話，為什麼不說話？」

「妳想要我說什麼？還是，妳想聽的是什麼？」

「妳總是這樣、妳總是這樣……」筱竹的憤怒彷彿昇華之後再度凝結成自她眼角滑落的水滴，她沒有在我面前示弱過，從來沒有，「為什麼要是妳？」

——為什麼要是妳？

「我以為，我以為自己能夠真正的擁有一個朋友，一個即使知道我是那種不顧一切想成為焦點的人也不會評斷我的朋友，對我而言妳是，真的，但當妳逐漸走向中央我開始感到被背叛，」背叛。她說。「只是我不想承認，一點也不想承認，並不是妳走向中央，妳也沒有背叛我，而是那些人、我拚命想靠近的那些人主動的走往妳的方向，從來妳就沒有背叛過我，我知道，我真的知道，但我沒辦法承認這一點，所以我開始對妳感到憤怒，把所有的一切加諸在妳的身上，我真的知道，但是我卻無能為力……」

筱竹全身的力氣彷彿被抽離一般她癱坐在灰黑色的走廊地板，鐘聲響了，凝望著眼前的這個人，無論是跨前一步給她安慰或者後退一步憤怒的回應我都做不到，我明白，也能理解，但這一刻的我卻因為太過年少而不知所措。

忽然她抬起頭，以太過認真的神情注視著我。

「但是，」她說，堅定的，讓人疼痛的，「我是真的，喜歡阿磊。」

——真的。

「楊修磊和方沁都和學姊認識嗎？」

「嗯。」佳佳趴在欄杆上，對著正在操場跑步的同學揮了揮手，「他們認識很久了，大概是一起長大的那種程度，方沁和阿磊是親戚，不是很近的那種，所以也沒有人特別說，我也是偶然知道的，至於學姊，其實我不是很清楚，阿磊不會特別說那些，我也沒什麼興趣，妳對這種事有興趣嗎？」

「還好。」我看見學姊穿著運動服站在橘紅色的跑道旁邊，她的身邊總是圍著一群人，「只是那天她突然來跟我說話。」

「嗯、她好像就是那種類型的人。」

「哪種類型？」

「我行我素。」佳佳扮了個鬼臉，「不管是阿磊或是方沁都是，想要做什麼、想要跟誰說話就什麼也不考慮的走過去，一開始會覺得生氣，感覺像是他們隨便一個揮手就會把自己辛辛苦苦擺放好的東西給打翻或者弄亂。不過習慣就好，他們的步調我們大概跟不上也猜不到，但至少，能找到平衡的位置，像是我跟阿磊說好沒有急事絕對不要在超過三個人的地方跟我說三句話以上。」

我不由自覺的笑了出來。

「我姊也是那樣的人，所以我很清楚，」佳佳似乎隱約的嘆了一口氣，但也說不定是我的錯覺，「並不是他們自私或者不在乎，而是他們大概也和我們一樣，我們跟不上他們的步調，他們也配合不上我們的步伐，這樣的落差一天一天逐漸加大，不管怎麼解釋都沒有用，我們會覺得『你總能改變的吧』、逐漸變成『你為什麼不改變呢』，結果承受的反而是他們那一方，但是仔細想一想，真正自私的其實是要求對方改變步調的我們。」

所以楊修磊寧可安靜的坐在自己的世界裡，不做任何解釋，或許他解釋過了，然而對於大多數人而言這世界上有許多無論如何都無法理解的部分，所以我們強加上可以解讀的註解，儘管那扭曲了他的原意，但不重要，對於大多數人所看見的這個世界而言並不重要。

他或許屬於被犧牲的那部分。即使在我們的眼中他是追逐的中心點。

「好像有點沉重喔。」佳佳伸了一個徹底的懶腰，「我姊說，如果沒辦法理解也無所謂，只要接受就好。這樣對腦細胞比較好。」

「妳姊真乾脆。」

「嗯、她討厭麻煩的事。」

「妳很喜歡妳姊吧。」

佳佳看了我一眼，揚起非常燦爛的笑容，「不喜歡，一點也不喜歡。」

還沒踏出校門就看見方沁的身影，不需要猜想，迎上他的雙眼就知道他正在等著我。

「我陪妳回家。」

我沒有說話也沒有拒絕，只是想起佳佳說過的話，『想要做什麼、想要跟誰說話就什麼也不考慮的走過去』，我想方沁也只是用著他的方式試圖離我近一點。

在愛情的面前，其實我們什麼也做不了，卻又試圖努力去做些什麼。

「我認真的想過了，就算妳喜歡阿磊也沒有關係，雖然會想著『只要自己再努力一點或許就能改變』，但某一部分的我其實明白，並不是努力就能得到自己想得到的；只是，我寧可相信，只要再努力一點，或許，就能得到自己想要的。」

「看不出來你是努力的類型。」

「在遇見妳之前我也不知道這一點。」方沁坦率的笑了，「我想，所謂的自己就算被稱為自己，但還是必須遇見各式各樣的人才會牽引出不同的自己，只是現在，我遇見的是妳。」

——我遇見的是妳。

是我。

「方沁。」

「我不想聽。」方沁對我搖了搖頭，擺出「沒有辦法」的表情，「我能感覺到妳想說的絕對不會是我想聽的，所以我不想聽，至少現在不想。」

在我身邊的方沁與我記憶中的印象逐漸錯開，坦率了一些，也靠近了一些，但方沁的身上帶著愛情，我所不能承受的愛情。

我想，或許我和方沁是相似的，帶著愛情卻無法遞送，想著，也許能夠稍微能努力一點；然而我和方沁從某一點開始有了決定性的不同，他選擇跨越，而我、選擇停留。

「徐映庭。」

「嗯？」

「我喜歡妳。」

「你說過了。」

「但我還是想這麼對妳說。」方沁趁我不注意拉住了我的手，他的溫度從掌心透了過來，「因為妳反應太慢，所以到妳家門口為止我沒有打算鬆手。」

「我家還很遠。」
「那更好。」
「方沁。」
「嗯？」
「現在的你，是真的你嗎？」
方沁停下腳步轉身凝望著我，揚起如微風一般的輕笑，用著溫柔清晰的口吻，說，說著。
「真的。」他說，「是我。」
——他也是真的。
——那麼、你也是真的嗎？
已經很長一段時間我不再踏上頂樓，也許是沒有做好面對楊修磊的準備，又也許是害怕映入眼簾的是楊修磊和筱竹兩個人的身影；但這一瞬間的我緊緊抱著便當盒站在門前，右手掌心貼放在冰冷的門扉，深深呼吸、緩慢的呼吸，終於，我推開那扇門。

耀眼的光線大量的映入雙眼，花了一段時間才適應頂樓的光亮，我看見靠坐在牆邊的楊修磊，伸出掌心承接著日光，這樣的楊修磊讓人感到異常遙遠，彷彿我和他之間確實存在著一道永遠無法跨越的界線。

但我寧可相信那不過是我一時的恍惚。

於是我跨過了邊界。

我不知道，這時的我並不知道，當他轉過頭，他的視線落在我身上的那瞬間會成為我和他生命中最無以掙脫的瞬間。

這一秒鐘，我所看見的只有他眩目的雙眼，漩渦，我徹底明白學姊的指涉，不管我們拚命做些什麼都沒有用，只要像這樣凝望著楊修磊，就會被捲入屬於他的漩渦。

然後他看見我。

楊修磊的唇緩慢地揚起，我不由自主的走近，最後停在他的面前成為他的陰影。

「妳很久沒有來。」

「嗯。」在他身邊坐下，隔著一段不遠也不近的距離，卻還能嗅聞到他的氣味，「今天有花椰菜。」

「今天不吃。」

「是嘛。」

「換吃煎蛋吧，今天。」

夾了便當盒裡的煎蛋給他，他毫不扭捏的咬下，無論什麼時候楊修磊都顯得自然，而身邊的一切，無論是什麼，都無關緊要。

或許這個世界的一切都無關緊要，對於這樣年輕的我們，青春是可以被揮霍的，一切事物是可以被忽視的，所以，我們所想抓握住的，或許也因此比起誰都更加奮力的抓著。

我望著攤開平放的我的掌心，這樣的手，想抓住的、以及能夠抓住的究竟是什麼呢？

「楊修磊。」

「嗯？」

「對你來說愛是什麼？」

「不知道。」他的停頓之間有微微的陷落，我安靜的咀嚼著花椰菜，安靜的感受著那份陷落，「偶爾以為自己沒有，但有幾個瞬間又覺得自己有，想從別人身上得到，但又感覺那不是自己想要的，所以妳說對我而言愛是什麼呢？」

「不知道，不管用什麼方法，我們都沒有辦法知道另一個人眼裡的愛究竟是什麼樣子。」

「所以我不在乎所謂的愛。」楊修磊修長的手輕輕觸碰著我的臉頰，他的臉上沒有足以被解讀的情緒，「比起虛幻的概念，我想要的，是那個人。」

——我想要的，是那個人。

學姊毫不在乎的闖進我的生活，儘管用著相當溫柔的姿態，她站在教室門前說著一起吃午餐吧這樣的話，輕易的就掀起我無力平撫的波瀾。

「我這樣出現妳會覺得很為難吧。」她的唇邊泛著柔光，白皙纖長的手有意無意的撥弄著自己的髮，「儘管明白這一點但我不在意，甚至覺得在妳面前連假裝在意也不需要，對我們而言其實也只是期待這樣的人出現而已，一個能夠沒有預設也沒有要求就接受自己的人。」

最後我和她並肩坐在美術館的階梯。

「要交換嗎？便當。」我搖了搖頭，她絲毫不在意反倒笑了，「我第一次這樣問人呢，大概也是第一次這麼乾脆的被拒絕。」

「對不起。」

「沒必要說對不起，妳不過是給我一個答案而已。」她側過頭輕輕的眨了眨眼，「我啊，從小只要是想要的或者想達成的，即使不用多做努力身邊的人也會努力的幫我得到那一切，或許很多人會羨慕，但事實上這卻一點一點啃蝕掉我的想望，反倒開始認為所謂的『想望』是荒謬的，只是，還是有些東西是得不到的，也無法透過另一個人得到的。」

她說：「例如愛。」

愛。她說。

「都是我在說話呢。」

「我不知道該說些什麼。」

「那妳跟阿磊都說些什麼呢？」

「天氣，」我說，「和花椰菜。」

「花椰菜啊。」她的便當盒裡也安靜躺著三朵花椰菜，她用著筷子不在意的撥弄著，「我以前也常和阿磊在頂樓吃午餐，真是懷念呢。」

「為什麼？」

「嗯？」

「為什麼要刻意以這種方式出現在我面前？」

「因為有這個必要。」

「我不懂。」

「這樣不行呢，站在布幕後和主角牽著手，燈亮的瞬間卻只有他一個人站上舞台，這實在太過狡猾而他也太過可憐了，所以即使我不是主角我也想將妳拉上舞台，唯有如此妳才能具切的體會聚光燈的灼熱和說著獨白的寂寞。」她緩緩閉上雙眼，「但這之中還包含著我的私心，想著，或許，一旦將妳推上舞台，他的視線就會移往妳的方向，然後，或許，會看見站在妳身旁的我。」

風吹了起來。揚起了某些塵沙。

「我不過就是一個卑鄙的人，但即便如此，我也想稍微觸碰到那樣的或許。」

或許。

每個人的希望和絕望都揉合在或許之中，得不到答案，看不見終點，假使不離開就不得不持續的希望也、持續的絕望。

「楊修磊嗎？」

「嗯。」她睜開眼，目光落在遙遠的某處，「雖然一直待在他身邊，卻也只是待在他身邊，越靠近只是比起其他人更加清楚的看見，我也是被他隔絕在外的其中之一，但我不想逃走也不願意放棄，所謂的人啊，一旦離自己想要的越近，所產生的欲望就愈加強烈；然而日復一日我體內的感情逐漸被磨損消耗，我承受不了，最後我終究是逃了，停下腳步轉身望向他的瞬間，我突然感到異常的悲哀，無論曾經多麼堅定的說會待在他身邊，最後為了保全自己還是將他捨棄，從那一刻起，我就不敢再往他的方向靠近一步，所以，我不願意，也害怕，妳會傷害他。」

「我沒有傷害他的能力。」

「傷害一個人的能力不是妳擁有的，而是，他給妳的。」

因而有時候，我們不得不傷害另一個人。

不是為了得到幸福，而是為了讓某個人能夠更加靠近、所謂的幸福。

徐映庭從宋霓身邊搶走了阿磊。

流言來得如此猛烈，站在走廊中央我彷彿被硬生生推上舞台的路人，不知所措然而所有人都等著我的動作；她緩慢的朝我走來，一步一步，緩慢的，確實的，在我面前停下。

她的表情看起來十分哀傷，時間彷彿靜止在我和她之間凝滯在這一瞬間，我不自覺的握緊雙手，我知道，她是流言的開端，並不是為了傷害我，而是為了讓我失去所有能夠傷害楊修磊的可能。

斂下眼她打破了時間，安靜的走過我的身邊，上一秒鐘的喧囂彷彿來自遙遠的想像，整個世界失卻了聲音，於是她踏步，擦身，用著比沉默更加沉默的口吻。

「對不起。」

她走過了我的身邊，碎落一地的時間忽然震耳欲聾，我被猛烈襲來的聲音吞沒，鼓譟的，殘忍的，流言劃過我的肌膚，毫不留情。

我伸手抓住她的手臂，狠狠的。

「為什麼？」

「因為他是楊修磊。」

鬆開手我看見她的白皙的手臂上鮮紅的痕跡，氣力彷彿被抽盡，她別開眼走離我的面前，我卻動彈不得。

我並不是楊修磊身邊的那個人，也不是能夠站在他身邊的那個人，但是為什麼，方沁逼迫我看見自己的感情，筱竹流著淚瞅著我，而學姊更是不顧一切奮力的將我推向中央，我不明白，一點也不明白。

——因為他是楊修磊。

我望著身邊盯望著我的人，一個又一個，我的身邊彷彿被設下一道不容靠近的結界，即使往前走、即使伸出手，卻讓眼前的人後退的姿態更加刺眼，或許，她是想用如此殘忍的方式讓我體會楊修磊雙眼所看見的世界。

淚水安靜的滑落，那一雙一雙殘忍的眼，一句一句可怕的話語，然而我無能為力也動彈不得，想逃卻逃不了。

但是他卻出現在我面前。

——為什麼？

溫熱的水痕拉扯著我的雙頰，眼前模糊的世界他卻逐漸清晰，不要，如果你走過來了，我就真的、真的沒有逃離的可能了。

他伸出手將我拉進懷裡，猛烈而不容抗拒，他的溫度他的氣溫全然不留縫隙的包圍住我，我的淚沒有辦法止住，我只能，毫無選擇牢牢記憶下這一刻，記住，他。

「楊修磊……」

「我在這裡。」他緊緊抱住我，擋去所有目光所有殘酷，「我在這裡。」

你在這裡。

我總是到得太晚，又或者，這就是不得不承認的註定。

聽見四起的流言蜚語我就瘋狂的想找到徐映庭，拚命的奔跑，搜尋任何她可能在的地方，最後我在走廊轉角碰見面無表情的宋霓。

「妳做了什麼？」她幽幽的看了我一眼沒有給我任何回答，我用力抓住她的雙肩幾乎是抱著想揉碎她的惡意，「妳到底做了什麼？」

「我不能讓她傷害阿磊。」

「楊修磊不能被傷害，那麼她就活該嗎？」

「我管不了這麼多。」彷彿長久累積的感情一瞬間全數迸發，她的雙頰被透明的液體沾滿，失聲叫喊著，「徐映庭會毀了他的世界。」

「這不是妳能決定的事。」

「那麼你能嗎？」宋霓抬起眼哀傷的望著我，緩慢的將視線移往不遠處的人群，「她在裡面，徐映庭就站在那中間，被包圍著，但誰也不願意靠近，至少她從現在起會比任何人都還要瞭解這樣的世界，你覺得她能承受嗎？你覺得她能夠承受嗎？」

「沁，你知道，因為我們是同類，一點一點逼迫自己忍受這樣的目光，忍受其他人自私的想像，我們卻只能笑，只能逼迫自己習慣；但是徐映庭不明白，就算好不容易理解了也不會明白，如果讓這樣的她走近阿磊，為了保全她，阿磊一定會傷痕累累，所以，我唯一能做的，就是設法讓徐映庭推開阿磊，無論是誰，不管多麼大力的拉扯，只要不是徐映庭，阿磊就不會鬆手。」

我鬆開抓著她的手，瞪視著眼前的宋霓。

「那只是妳的自我滿足，因為自己得不到，因為自己無法靠近，過去這些年我知道妳有多努力的想說服自己，阿磊的世界誰都沒辦法跨越，但是徐映庭的存在輕易的摧毀了妳的防衛。不要冠冕堂皇的說想要保護阿磊，他沒有那麼脆弱不堪，妳不過是，想保護自己而已。」

我開始往徐映庭奔去。

那些人群，那些不堪的話語，穿過人群看見站在我面前流著淚的她，我試著揚起嘴角讓她感到安心，迎上她的雙眼卻發現她的視線穿過了我。

穿過、了，我。

我的動作凍結在原地，也許打從一開始她就沒有看見過我。

我感覺有人自我身後走過，走到她的面前，楊修磊，我只能看著阿磊將她擁入懷裡，我唇邊的笑還掛在那裡，雙手緊緊握著，深怕自己忍不住衝動上前將她拉離阿磊的身邊，那只會讓她承受更多的傷害。

所以我逼迫著自己忍耐。

不能逃離也不能跨前，就只能凝望著這一幕，拚命的、拚命的忍耐。

楊修磊沒有給我任何安慰也沒有任何解釋，帶著我離開所有的注目，我能感覺到那拖曳在地長長的影子，不要回頭，我唯一能思考的只有這件事；卻因此不得不記下更多屬於楊修磊的記憶，他的側臉，他的髮梢，以及他抿緊的唇。

他牽著我的手，刻意放緩的步伐，我彷彿聽見自己的心跳聲，安靜的回響在我的意識之中。

「楊修磊。」

「嗯。」

「謝謝你。」

「妳沒有必要說謝謝。」他突然停下腳步，差一點我就撞上他，楊修磊鬆開抿緊的唇，接著有一抹若有似無的笑意在唇畔泛開，「我只是做了我想做的事，而不是為了妳才做的事。」

「但還是謝謝你。」

這次楊修磊沒有說話，站在我的面前沉默而仔細的凝望著我，應該要移開雙眼的，那當下我這麼想，即使過了相當久之後我依然這麼想；然而我卻無法迴避，連一絲移動的可能性也被拋下，在喧騰的世界中我和楊修磊靜謐而緩慢的相互對望。

我眨了眼，晶瑩的淚水在我的意識之外被眨落，我忽然感覺到某種哀傷開始在我體內劇烈的膨脹，我不明白，我花了很久才明白那份哀傷的意義，但在那之前楊修磊先伸出了手。

他用指腹輕輕拭去我頰邊的水痕，精緻的臉龐上沒有足以辨認的表情，每一次眨眼我的淚水就滴落一次，他的掌心溫柔的貼放在我的右臉頰，微微傾身向前。

楊修磊的唇貼上我的，我感受不到任何感情，又或者我自身的感情太過濃烈而掩蓋屬於他的線索，我的意識逐漸空白，同時丟棄了時間感，他的吻讓時間顯得漫長卻又短暫。

直到他拉離身軀，彷彿任何的什麼都從未發生一般。

「為什麼要吻我？」

「這樣妳就不哭了。」

微小的溫柔透過縫隙滑進我的胸口，淚水積聚在眼眶，我不敢眨眼，任憑楊修磊越加模糊，然而我終究斂下了眼，又重又沉的淚水打濕了整個世界，我低下頭死命的盯著他的鞋，我害怕，一旦記憶過於厚重我就、再也無法掙脫了。

你已經是我的漩渦。

忽然我被他拉進懷中，楊修磊用力的將我抱住，垂放在兩側的手不自覺伸起緊緊拉住他的襯衫，我開始哭泣，無聲卻劇烈的哭泣。

這一切不是我能夠承受的，我知道，縱使明白了這一點，我還是、還是想待在他的身邊。

我被宋霓硬生生推上舞台正中央，踏進教室的瞬間我發現每個人都以含帶各自心思的目光注視著我，過了幾堂課之後我瞭解自己被孤立了，而方沁是唯一一個不看我的人。

「下一節美術課，一起去吧。」

「這時候還是不要跟我說話比較好。」

「嗯、我知道。」佳佳給了我一個苦惱的表情，「但沒辦法話都已經說了，說不定之後會變成只有妳會和我說話，所以還是一起去吧。」

我感激的笑了。

拿著鉛筆盒我和佳佳步出教室，儘管在教室內始終有人注視著我，但至少同班同學只是保持沉默，一踏上走廊，毫不留情的瞪視與嘲諷便惡毒的竄上；我不懂，儘管理解卻依然不懂，這些人、和我無關的這些人，也與楊修磊和宋霓無關的這些人，卻用著痛恨的目光射向我，彷彿她們在意的並不是「徐映庭搶走宋霓男朋友」這件事，而是「徐映庭居然搶走了楊修磊」。

那不過是覆蓋在道德之下的私心。

「要妳不要太在意好像不太可能，我也不知道謠言是從哪裡來的，但是，雖然殘忍但說不定是好事。」佳佳猶豫了幾秒鐘還是決定繼續說，「站在阿磊身邊的人一定要比其他人更加強大才可以，不只是為了這些注視或是謠言，而是必須能夠擁有足以支撐阿磊的力氣。」

「楊修磊像是黑洞，會吞噬其他人的感情，也會吞噬他自己的感情，所以一開始，當感情被他吞噬也許會有深深陷入的動搖，然而時間久了，我們體內擁有的不足以彌補被吞噬的部分就會開始感到空虛，越來越空虛。」佳佳說，「如果，我是說如果，妳想待在阿磊身邊並且成為唯一的那個人的話，就必須比任何人都還要堅強。」

堅強。我終究是逃了。我忽然想起宋霓說過的話。

「我……」

我想說些什麼卻看見站在美術教室前的方沁，佳佳看了我一眼之後輕輕捏了我的手便走進教室，留下我和方沁。

抿著唇有很長一段時間他就只是這樣望著我，我注意到他的手握緊了拳又鬆開，反覆幾次之後他終於開口：「我可以替妳向所有人解釋。」

在所有人的眼中方沁是楊修磊最親密的友人，只要他堅定的否認，即便是所有人都看見了宋霓的哀傷，也看見了楊修磊給我的擁抱，方沁依然能夠將我拉離這孤獨的中央，只要付出更加疼痛的代價。

我深深的看了方沁一眼，在沒有人注意到的地方他孤單的疼痛著，我不能，無論如何都不能這麼對待他。

於是我緩慢的搖了搖頭，給了方沁一個淺淺的笑容，接著走進美術教室。

擦身的瞬間方沁拉住了我的手：「為什麼？」

「沒有理由讓你負荷這一些。」

「那麼妳就活該承受這一切嗎？」

「活該。」我喃喃的唸了一遍，苦澀的扯了扯嘴角，「我不知道，但是我不想讓自己成為一個卑鄙的人。」

我不能，踩著你給的愛自私的逃離而扔下你孤獨的承受。

方沁鬆開我的手，帶著說不出口的無奈以及無力。

「我不在乎每個人看見的都是阿磊，無所謂，我既不打算成為焦點也不想贏過他，但是唯獨妳，就只要妳看著我不行嗎？」

但是，沒有人真正看見楊修磊。

「方沁，」我緩慢的唸著他的名字，「我和你，其實是一樣的。」

因而我和你如此貼近卻又、如此遙遠。

摀起耳朵之後日子其實相當安靜，比我想像的還要安靜，每天踏著往頂樓的階梯幾乎成為日常的一部分，偶爾在路上碰見筱竹她會別開眼，佳佳沒有被牽連而成為唯一會和我說話的同學。

還有方沁。

每天放學他總是站在門口等著，走在我的身邊，沒有任何交談他就這樣安靜的陪我走回家，最後沒有留下道別便轉身離去；有好幾次我想說些什麼卻還是吞嚥而下，這是我和方沁之間的緩衝，為了習慣彼此的寂寞與傷口，也為了讓我稍微習慣他的陪伴。

我們都有著貪圖。

「第一次看妳帶麵包。」

「我媽昨天有聚會。」在他身邊坐下，我和楊修磊依然隔著一段空白，那不重要，對我而言這反而是安全的，能夠讓我的貪圖藏匿在反光之中，同時，讓我安分的待在原地就好。「已經好多天沒下雨了。」

「妳討厭下雨。」

「但人偶爾也會想念討厭的東西。」

「因為現在沒有所以懷念。」楊修磊的聲音中帶著不容易察覺的寂寞，「所以打從一開始就不曾有過反而是件好事。」

「我不討厭想念。」朝著他泛起淡淡的微笑，「雖然某些想念會讓人難受，但只要一想到那樣的難受緣自於曾經的美好，也許會有一點悲哀，卻也感到慶幸，我會慶幸，自己的生命中曾經有過那份美好，即使是短暫的一瞬，我想我也不會後悔。」

「一瞬。」

楊修磊有很長一段時間沒有說話，我安靜的咬著紅豆麵包，對我而言太甜了一點，甜膩感以及乾澀感一併被吞下，嚥下的瞬間，我忽然感覺他的趨近以及、碰觸。

他側過身越過兩個人之間的空白，柔軟的唇貼上我的右頰，非常短暫，短暫到我幾乎以為那是一種想像，直到我又嚥下了一口麵包，我才意識到若無其事對著我笑的這個人確實吻了我。

「為什麼吻我？」

「那會是妳所謂的一瞬嗎？」

隱約的恍惚自我的體內蔓延開來，喉嚨有些乾渴，雙眼聚焦在楊修磊太過勾人的黑眸與微笑，他喝了一口水更加刺激我的喉嚨，抓起身旁的牛奶我一口氣喝掉了半瓶。

「不知道。」收回視線我盯望著還剩一半的紅豆麵包，我的心臟劇烈的跳動而我只能勉強克制住，「大概要很久之後我才會知道，到那時候我再告訴你。」

「嗯。」

「楊修磊。」

「嗯？」

「你……」終於收拾心緒我側過頭望向他，恰好、迎上他彷彿深不見底的眼，「現在還是覺得寂寞嗎？」

「不知道。」他說，「我已經有一段時間沒有思考過寂寞了，說不定有一天我會忽然懷念起寂寞。」

「想起寂寞的時候，應該會是沒有雲的晴天。」

「也許。」

「嗯、也許。」

我以為日子會這樣下去，安靜的、不起眼的持續，儘管那夾縫之中存在著楊修磊，我仍舊相信自己能夠平穩的往前走；或許因為我總是在日光灼燙的中午見到他，因而忽略了楊修磊究竟有多麼耀眼，即使藏匿在夾縫裡，依舊會閃耀著能引誘任何人趨近的光芒。

推開頂樓那扇門我看見的正是那一幕。

女孩羞怯的站在他的面前，楊修磊沒有起身，只是抬起頭不帶任何表情沉默的注視著她，隔著一段距離我猜想或許是錯覺，彷佛有一絲冷意自他眼底透出，並且隱藏著接近殘酷的某些什麼。

「你大概不認識我，但是，但是我一直喜歡著你。」女孩咬著唇似乎對於楊修磊的無動於衷感到不知所措，幾個呼吸之後她還是繼續未竟的話語，「我知道這些話很突兀，也不會對你有所要求，但是如果可以的話，我們、可以成為朋友嗎？」

日光灑落在楊修磊的髮絲上，耀眼得彷彿天使一般，他勾起魅惑的微笑，我從未見過眼前的這個楊修磊，攝人的弧度之中流洩出惡意；女孩沒有發覺，沉浸在他突來的笑，試圖往前踏進一步，楊修磊的聲音將她凝結在動作之初。

「成為朋友。」他的聲音泛著與微笑截然不同的冷，「接著就想往前，既然這樣，為什麼不直截了當的說妳要的是什麼呢？」

「我……」女孩的話語卡在喉嚨好一段時間，最後終於鼓起勇氣將聲音拋出，「我喜歡你，所以，所以也想得到你的愛。」

「妳明白什麼是愛嗎？」

「我……」

楊修磊站起身，站在女孩的面前他緩慢伸出手，也許觸碰到了女孩的臉頰又或許沒有。

「想要把自己想給的拚命塞給對方，想把對方不想給的用力拿走，說著不會有所要求這樣的話作為偽裝，虛偽的，打從一開始就有所貪圖還要假裝自己什麼都不想得到，妳說，這就是妳所謂的愛嗎？」他的語氣冷硬而殘酷，「還是，這是妳想得到的愛？」

女孩往後退了一步，咬著唇不知所措的望著始終揚著勾人微笑的楊修磊，她臉上寫滿了她的不明白，我知道，女孩的身體醞釀著逃離。

楊修磊預期、卻害怕的逃離。

最後女孩踉蹌的逃離，看見我之後給我極為怨懟的目光，接著頭也不回的離去；我收回視線，迎上楊修磊再度回復毫無表情的臉，雙手緊緊握著便當盒，一動也不動的和他相互對望。

我的腳步緩慢的移動，踏著，一步一步，走到他的面前我別開了眼，往地板坐下逕自打開便當盒，不發一語的開始咀嚼並且吞嚥。

楊修磊什麼話也沒有說，我和他之間並不是需要解釋的關係，只是，那一瞬間我終於明白我對於這個人的認知有多麼有限而貧瘠，我記得他的寂寞他的微笑以及他的溫柔，同時逐漸忘了他的閃耀，並且忽略了他的殘酷以及無底。

我曾經以為我稍微觸碰到了真實的楊修磊，卻在女孩擦過我身旁的瞬間開始動搖，劇烈的。我不知道，哪一個畫面下的楊修磊才是真的，或許那些都是楊修磊，我不知道，我開始感覺那自以為的拉近事實上依然是遙遠。

安靜的吞嚥，楊修磊就坐在我幾乎習慣的位置，我甚至不明白自己是不是能夠出現在這裡，質疑、不安以及難以說明的恐懼細微的爬上我的血管，恐懼，我忽然意識到，他的微笑裡帶著能讓人感到恐懼的氣味。

「徐映庭。」楊修磊的聲音打破了悶滯的沉默，我沒有應聲甚至沒有抬頭，只是盯著筷子的尖端，「我先走了。」

他站起身似乎在我面前停頓了一陣子，我感覺楊修磊的影子覆蓋我的身上，我仍舊沒有抬頭，直到他的腳步聲敲響我的意識，好不容易望向他離去的方向卻早已空無一物。

那時候我才想起來，這是楊修磊第一次比我早離開頂樓。

接下來的幾天我都下意識避開任何會讓自己想起楊修磊的一切，迴避的動作讓我都想嘲諷自己的欲蓋彌彰，我知道，我想躲開的並不是在他眼中讀到的冷酷，而是他對愛的諷刺。

儘管我以為自己非常安分卻依然藏著不可告人的貪圖，他對女孩說的話一字一句刺進我的胸口，其實我也是一樣的，我甚至連女孩的勇氣都沒有。

我猜想我想避開的或許是自己。

踏出校門時我想靠著牆的人是方沁，他總是站在那個位置等待著，彷彿為了讓我深深記住只要需要他就會在那裡，我和他已經太多天沒有交談，看著他藏匿在陰影中的身影，我幾乎以為那是楊修磊，為了確認我輕輕的喚了他。

「方沁？」

「妳在等方沁嗎？」

然而那並不是錯認，楊修磊真正站在那個位置，那個我原先以為只會站著方沁的位置。

「沒有。」

「我陪妳回家。」

我不自覺的猶疑連掩飾都來不及就被看穿，他深深的望了我一眼卻沒有明顯的情緒，下一秒鐘他拉起身子乾脆的往前走；在我的思考之前我的手就伸出拉住他的襯衫，能感受到他微微的一震，細微卻足以掀起我心口劇烈的漣漪。

「我……」

縱使我和方沁之間沒有任何約定，但他的身影卻已經默默融入日常，我擔心他等不到我也許會執拗的守候，所以在這種我比他早踏出校門的偶爾我會刻意再繞回學校假裝自己晚了；然而面對注視著我的楊修磊我卻說不出口，我甚至害怕讓他知道方沁總會陪我回家。

拉著他襯衫的手還沒鬆開，他不在意也沒有催促，彷彿等著我決定要不要跟著他往前走。

「阿磊？」

我想映入方沁視野的就是我拉扯住楊修磊的畫面，他不看我，這種時候方沁總是不看我，一股淡淡的疼痛揪著我的胸口，鬆開手我望了楊修磊又看了方沁，混亂的不知所措。

「我要回家了。」

說完話我誰也不看的往前走，刻意加快的步伐顯得凌亂，稍微能夠整理心緒我才聽見除了自己之外的腳步聲，回過頭詫異的看見他以及他的身影隔著一段距離走在我的身後。

「為什麼要跟著我？」

沒有人回答我。

「想吃冰。」楊修磊忽然這麼說。

「嗯，前面會經過一間冰店。」方沁也若無其事的搭腔。

「徐映庭。」方沁喊了我。

「做什麼？」

「吃冰。」楊修磊乾脆的說。

「我不想去。」

結果三個人還是一起走進冰店，擠在狹窄的空間裡兩個男人堅持只要一碗冰，一點辦法也沒有，我只能盯著眼前的冰和三支塑膠湯匙。楊修磊和方沁滿不在乎的吃起冰，彷彿這是再自然不過的光景。

我也只能舀起一小口冰放進嘴裡。

「我不喜歡花豆。」方沁把盤子裡的花豆往楊修磊的方向堆。

「我也不喜歡。」接著楊修磊把花豆往我的方向堆。

「我不要吃花豆。」索性把花豆塞進冰裡，忽然大家都笑了，起初緊繃的神經也逐漸鬆緩，「既然不喜歡一開始就叫老闆不要放就好了。」

「沒有花豆的冰很不平衡。」

「莫名其妙。」

一直到最後三個人還是用著湯匙推著花豆，一切彷彿變得再單純不過，沒有關於愛的問題，也沒有關於誰的問題，儘管只是短暫我卻相當感激。

十一顆花豆被留在盤底，楊修磊和方沁陪我走到門口，誰也沒有說再見，望著並肩離去的他和他的身影，或許，有一天我會不得不記憶下這樣的畫面，然而那一天我猜想我會慶幸，至少，他和他的離開能夠不那麼孤單。

「徐映庭，妳很厲害嘛，不只阿磊連方沁也不放過，不覺得太過分了一點嗎？」

三個沒見過的女孩站在我面前，用著尖銳的語調高聲質問我，地上的落葉我掃了一半，她們恰好踩在落葉堆上，滿不在乎的踏過。

「不講話是想裝可憐嗎？」右手邊的女孩雙手扠腰瞪視著我，「妳想過其他人的心情嗎？小愛喜歡方沁很久了，還來不及告白她的愛情就毀在妳這種人手上，妳都不覺得抱歉嗎？」

——藉口。不過就只是藉口。

我直視著女孩們，目光輕輕掃過被稱為小愛的短髮女孩，無論是誰的愛情都跟其他人無關，然而看不見延續就試圖逃離，最好是以不傷害到自己的方式。

「妳是不會講話嗎？」

「我沒什麼好說的。」

中間的女孩彎下身抓起一把落葉往我頭上扔下，塵土和落葉的氣味覆蓋了我的頭髮與我的白色制服，短髮女孩的表情浮現遲疑，她拉了拉中間女孩的衣襬卻招來瞪視。

「妳真的以為自己比得過宋霓嗎？」沉默的瞅著她，我忽然明白無論是方沁或者是短髮女孩甚至是宋霓都只是堆疊而起的藉口，真正的核心始終是楊修磊，「不管是方沁或是阿磊都不可能喜歡妳，對妳好一點也只是一時興起而已。」

一時興起。

「那麼妳們所謂的愛就不是一時興起嗎？」

女孩沒有預料到我會突然開口，愣了一陣子才回過神，在中間女孩說話之前短髮女孩先開口了：「我已經喜歡方沁很久很久了，雖然只敢安靜的望著他，也只和他說過幾次話，但是，我知道自己的感情，不是崇拜而是真正的喜歡，所以我、我絕對不是一時興起。」

「既然妳能那麼堅定的相信自己的感情，為什麼要輕易的否認方沁的感情？」

「妳現在是想要炫耀嗎？」

中間女孩伸手推了我一下，力道並不重卻讓我稍稍退了一步，我不看她，視線依然定在短髮女孩身上：「這跟方沁喜不喜歡我沒有關係，而是，妳在乎的究竟是自己能不能得到方沁的愛情，或是方沁能不能得到愛情？」

「我……」

「妳們在做什麼？」

方沁的聲音斷然劃破我和女孩們的拉扯，短髮女孩意識到那個帶著冰冷表情走過來的人是方沁的同時淚水幾乎滑落，他走到我的面前冷冷的望著她們。

「還不走嗎？」

「方沁……」

短髮女孩的聲音微弱的讓人心疼，我斂下眼不去看她也不望向冷酷的方沁，女孩們終究是走了。

方沁不發一語小心翼翼的撥落我頭上身上的落葉與塵土，抿緊的唇拚命壓抑著情緒卻徹底洩漏了他的心思，他用面紙仔細擦拭著我的臉頰，凝望著方沁我的胸口忽然感到疼痛，他的愛以如此安靜的方式滲透進我的體內。

越靠近方沁的愛情我的胸口感到越加疼痛，那也許不是我的疼痛而是他的，我想伸出手卻害怕我的安慰成為最溫柔的無情。於是我只能一動也不動。

「對不起。」

「為什麼跟我道歉？」

我沒有回答，但我想方沁明白，他的手有幾不可見的顫抖，對不起，即使觸碰到你的愛也能感受到你的愛，我卻依然給不出我自己的。

「明天開始我跟妳換工作。」

「不用了。」我的手輕輕搭在他的手腕上，「方沁，我沒事，她們不會再來了。」

「徐映庭。」

「我知道你要說什麼，但是，我不喜歡逃跑，這樣跟認輸一樣。」我凝望著方沁，深深的，「我沒有做錯什麼。」

——也不是你的錯。

忽然方沁將我拉進懷裡，以不輕不重的力道環抱著我，我想我應該推開，然而在這種時刻或許更該被安慰的其實是他，也許他聽見女孩們說的話了，所以他將我所遭遇的一切都視為自己的過錯，但是，愛情的本身從來就不是錯誤。

「對不起。」他說。用著很輕很輕的聲音。

歷史老師的聲音彷彿穿越過我的意識飄遊的某個我抓握不住的遠方，我的視線不經意滑過方沁的側臉，恍惚感彷彿漣漪一般在我體內擴散，對不起，他低沉的聲音始終迴盪在耳際。

斂下眼我盯望著空白的筆記本，那裡應該被寫上密密麻麻的字，應該被寫上就在黑板上的那些字，縱使明白這一點卻突然無從下手，好不容易尋覓到了起點抬頭卻發現歷史老師正俐落而乾脆的擦去那些字句。

於是我的起點也一併被擦拭殆盡。

仍然站在原地不斷打轉，即使明白能夠下定決心捨棄前一段空白從現在開始就好，然而目光卻始終膠著在起先的空白，想著，站在這裡也許離起點近一些，然而那只不過是為了逃避其實起點已然離自己越來越遠的現狀。

我們期盼的起點和真正能開始的那一點大多時候是錯開的，於是從一開始就存在著遺憾，又或者，帶著那份落差我們的步伐顯得有些踉蹌；需要一段時間來彌補空白，也需要一段時間來捨棄那些空白。

輕輕嘆了一口氣，在氣息的尾端被鐘聲覆蓋而上，和佳佳借了筆記才發現自己遺漏的比想像的還要多，一個字一個字抄寫著，劃上紅線，括起重點，曾經發生的這些過去在久遠以後竟然如此輕易的被區分成重要的以及不重要的部分；但是對於自己的人生，無論是哪一個瞬間都帶有決定性的意味，儘管如此，能被記憶下的卻也只有那麼一瞬間罷了。

「宋霓給妳的。」

佳佳遞給我一張對折再對折的紙條，回頭時窗外已經沒有宋霓的身影，佳佳還站在我的身邊，不是為了想知道內容，而是想給我或許我會需要的陪伴。

——中午到頂樓來。宋霓。

「沒什麼事。」

「總覺得她不安好心。」

「反正都已經被孤立了，應該不會更糟了。」

「我不想潑妳冷水，但學校生活這種東西，永遠都會有比妳能想像的還要糟的部分。」佳佳很認真的說著，「例如期中考數學考了二十八分，妳覺得不可能更低的科目了，結果物理居然考了二十七分。」
愣了幾秒鐘我跟佳佳都笑了出來。
「如果先發的是物理考卷就好了呢。」我說。
「也對。」

推開頂樓的門，已經有好幾天沒有踏上這裡，女孩向楊修磊告白的那一幕我始終抹不去，那總會提醒我被壓抑在自己體內的貪圖。對楊修磊的貪圖。
宋霓站在楊修磊面前，日光灑落在兩個人之間彷彿畫一般，她看了我一眼而楊修磊背對著我，我看不見任何他的表情，或許對我而言這是最好的。
——中午到頂樓來。
我想這是宋霓想讓我看見的畫面，也許，是想提醒我，她和他才是同一個世界的人。
「阿磊。」宋霓揚起溫柔而美麗的微笑深深凝望著楊修磊，「我已經好久沒有這樣和你待在同一個地方了。」
她伸出手想觸碰楊修磊的臉頰，卻在幾乎碰到的瞬間止住了動作，「你總是這樣呢，從來不會阻止其他人的靠近，於是我們就以為真的能夠靠近，即使我的手貼放在你的臉頰上你也不會甩開，一開始會覺得非常、非常的開心，但是逐漸的卻開始發現，無論靠得多近，我始終沒有真正觸碰到你，又或者，我觸碰到的從來就不是你。」

我想離開。

宋霓的視線不知道從什麼時候已經穿透了楊修磊，以一種讓人無從藏匿也無法遁逃的方式緊緊盯著我。這些話，並不是說給楊修磊聽的。

「你知道嗎？」宋霓的語調非常輕緩，幾乎以囈語的方式卻精準的纏繞上我的意識，「從很久很久以前開始，我的雙眼就只能看見你了，然而越是專注而仔細的凝望著你，就不得不反覆的看見你從來沒有看向我的事實；曾經我以為努力就能改變，至少，我還是離你最近的那個人，還能怎麼辦呢？我也只能這麼說服自己了。」

「忽然有一天，彷彿所有的一切毫無預警的潰堤一樣，我的愛情甚至我的自尊應聲瓦解，再這樣下去我連自己都會失去，那時候我真的非常、非常的害怕，所以我逃了，不是一步一步往後退而是拔腿狂奔，等到我再度回頭看見距離得非常遙遠的你，從那瞬間起，我每一秒都在後悔、都在自責。」
宋霓的淚水安靜的滑落，「但是，這一次我不會再逃了。」
宋霓定格在半空中的手終於貼上楊修磊的臉。
「我只是希望，有那麼一瞬間，你能看見站在你面前的我。」
宋霓踮起腳尖，將唇輕輕貼上楊修磊，他沒有推開她也沒有任何動作，我的手不自覺抓住裙襬，她拉回身體，安靜的注視著楊修磊。
「阿磊。」宋霓的聲音帶著細微的顫抖，「我能，回到你身邊嗎？」
——回到。你身邊。
我的呼吸忽然有些悶窒，我想離開，我不想聽見楊修磊的回答，但我的雙腳卻無法動彈。
「阿磊？」
「妳從來就沒有靠近過。」
楊修磊的聲音冷得彷彿寒風，聽不出情緒起伏卻比任何語調更顯得無情，妳從來就沒有靠近過，他說得太過輕易，太過殘忍。
宋霓被風乾的淚痕又再度濕透，哀傷的凝望著楊修磊，「我從來、沒有靠近過你嗎？」

「沒有。」

沒有。楊修磊連一絲猶豫也沒有。

宋霓往後退了一步，淚水氾濫得讓她顯得太過狼狽，她閉上眼，那之中有太過沉重的哀傷，忽然她笑了出來。

「楊修磊。」宋霓的脆弱之中透著尖銳，「你的世界從來就只有你自己，也只會有你自己而已……」

宋霓伸手胡亂抹去臉上的淚水，又望了楊修磊一眼終於抬起步伐離去，楊修磊連轉身也沒有，她在我身邊停下，哀傷的眼眸中能夠看見我的倒映。

「他就是這樣的人。」她說，「不管多麼拚命，甚至做好失去自己的準備，但即使真的失去了自己，也進不了他的世界。」

宋霓的最後一句話飄散在空氣之中，融進我的呼吸。

「因為、那就是楊修磊。」

「你的世界從來就只有你自己，也只會有你自己而已。」

從宋霓口中說出的字句冷硬得讓人憤怒卻無法反駁，差一點我就笑了出來，所謂的愛，所謂愛的人，貪婪的想得到但伸手抓到的只剩下空虛就更拚命的想拿些什麼來填補，那本來就只是單方面的索求，什麼也不必做，什麼也不要做，任何的移動都會被解讀為接受，直到對方終於放棄那一天。

所以我始終一動也不動的站在原地，只要什麼也不給，對方心底的空虛陷落程度就會被降到最低；然而我逐漸明白，沒有人能夠理解，無情，殘酷，他們開始用盡全身力氣拚命指責我，為什麼我付出那麼多你卻無動於衷，為什麼我愛得那麼深你卻從未看見，為什麼，究竟是為什麼，那一刻又一刻我感到無比荒謬，打從一開始就是單方面的索求，最後也自顧自的扔向我，成為我單方面的殘忍。

這就是她和他所謂的愛嗎？

宋霓走了。

也許我曾經有幾個瞬間以為她會有所不同，直到在她眼底看見相同的感情，我才明白她想跨越那段空白並不是因為我，而是為了她想要的愛情。

「他就是這樣的人。」宋霓的聲音在我背後響起，徐映庭的身影躍進我的思緒，我的手緊緊握拳，這就是宋霓，她得不到的也不讓任何人得到，包括我。「不管多麼拚命，甚至做好失去自己的準備，但即使真的失去了自己，也進不了他的世界。」

「因為、那就是楊修磊。」

我的憤怒在我胸口迸發，但我不敢轉身，斂下眼用力握著拳，我不明白為什麼自己會感到害怕，只是無論如何都不想看見徐映庭臉上閃現任何的退拒，又或許，轉身之後我所看見的會是一片荒蕪。

但我終究是回頭了。

徐映庭安靜的站在門邊，臉上沒有表情就只是安靜的凝望著我，有很長一段時間兩個人就這麼對望著，在我和她之間的空白長得讓人以為她一旦後退就再也沒有靠近的可能。

緩慢的我朝她走近。她依然在那裡。我希望她在那裡。

「今天有花椰菜。」

在我開口之前她打破了沉默，彷彿方才的一切都未曾發生，彷彿沒有宋霓，但她的左手緊緊攢著裙襬，我伸出手握住她的，使力讓她鬆開裙襬。

「這裡太陽太大，到那邊坐吧。」

牽著她的手我小心翼翼的帶著她走向兩個人一貫坐的位置，彷彿只要兩個人好好的安坐在位置上一切就不會改變，停下腳步我回過頭望向她，直到這一瞬間我才明白自己也會小心翼翼的對待一個人，也會害怕一個人的離去。

傾下身我吻上她的唇，她沒有抗拒也沒有回應，日光灑在她的髮上肩上，我忽然想起來第一次見到她的那天也是這樣的光景。

或許，在我還來不及察覺的那一眼瞬間，就已經成為註定了。

「楊修磊。」

「嗯。」

「我會來不及吃完便當。」

——楊修磊。

——嗯？

——你在這裡嗎？

——我在這裡。

宋霓的哀傷仍然映在我的意識之上，那就是楊修磊，這幾個字像是滲進肌膚一樣蔓延在我的體內；望著楊修磊的時候，總會湧上難以言喻的疼痛與不安，我害怕，有一天楊修磊也會不帶感情果決的對我說出，妳從來就沒有靠近過。

——從來。沒有。

所以我反覆告訴自己，站在原地就好，不要期盼也不要奢求。什麼都不要有。

楊修磊不是我能夠擁有的。

我所能保有的，也只剩下自己的愛情了。

忽然有哪個人的掌心輕輕覆蓋上我的手背，顫了一下抬頭我看見的是淺淺笑著的方沁。

「每次只要看見妳這種表情，就害怕妳會突然飛走。」

「我沒有翅膀。」

「不一定要有翅膀才能飛。」

方沁的溫度滲透進我的肌膚，他的存在對我而言是踏實的，望著眼前的方沁我不自覺想起楊修磊，無論靠得多近，注視著楊修磊的時候總會害怕或許下一秒鐘就會明白其實這不過是海市蜃樓；楊修磊像個幻影，讓人拚命趨近拚命想得到卻無論如何都不敢證實的存在。

方沁看著我的時候也是一樣的心情嗎？

斂下眼我望向他握著我的手，我跟楊修磊是不一樣的人，和方沁也不一樣，然而方沁對我的愛情讓我成為楊修磊一般虛幻的存在，或許打從一開始就沒有所謂的世界與世界，將我們區隔開來的不過是貪求與自身的愛。

「方沁。」

「嗯？」

「我喜歡楊修磊。」

「我知道。」

他的顫動透過掌心細微的拉扯著我的手，他的臉上依然掛著笑容，這樣笑著的時候特別讓人覺得心疼；伸出手我輕輕撫著方沁的唇角，淚水滴落在我的意識之外。

「不要這樣笑，不要勉強自己。」眼前的方沁忽然模糊不堪，我和他的愛情貼靠得如此近卻又錯開得如此絕對，「太過勉強的話，說不定連自己也會不小心被吞噬了。」

方沁用指腹溫柔的拭去我頰邊的淚，唇角的弧度卻依然停留在令人哀傷的瞬間。

「如果不這麼勉強自己的話，一旦鬆懈的話，說不定就會不顧一切的攪亂全部了。我不擅長忍耐，也不擅長退後，所以也只能這樣勉強自己了。」

我閉上眼不想記憶下這一刻的他，我太過害怕，害怕在方沁的愛情裡看見自己愛情的倒映，「說不定有一天我會把所有的力氣都用光，到了那一天，我想，我就能夠不愛妳了。」

「方沁要我陪妳回去。」
「嗯。」
楊修磊走在我的左邊，他總是站在靠近我心臟的位置，我聽不見自己的心跳卻能感受到那隱約的顫動，我貪戀著屬於楊修磊的一切，其實我和其他人一樣，不、比起其他人我更加自私更加卑鄙。
假裝自己沒有貪求，霸佔著楊修磊身邊的位置，還反覆的告訴自己安靜的待在原地就好，其實那不過是想保全現狀，保全自己。
我想，或許這就是楊修磊不斷承受的貪婪與虛幻，那麼我終究會成為傷害他的人之一。
也許一旦試圖跨越就會被永遠驅逐，但那樣，或許，會有一瞬間我能夠讓楊修磊看見真正的自己。
「楊修磊。」
「嗯？」
「我喜歡你。」我用著相當日常的口吻對他說出這句話，對我而言這並不是告白，而是坦承。「我和其他人一樣，對你，都有著貪求。」

「對我，還是對楊修磊？」

「你。」側過頭我迎上楊修磊的目光，「其實我分不清你和楊修磊的差別，但我想，我喜歡的是那個我在頂樓上見到的楊修磊。」

「那麼，徐映庭有的是什麼樣的貪求呢？」

楊修磊停下腳步，一個踏步的落差我轉身面對著他，他以相當安靜的方式凝望著我，夕陽將他身後的一切染成一片橙紅，我覺到自己的目光帶著灼熱，也許是因為夕陽，又也許是因為楊修磊。

——那麼，我有的是什麼樣的貪求呢？

咬著唇我忽然不那麼確切肯定了，想待在他的身邊，想觸碰他的存在，想，得到屬於楊修磊的愛。

不、並不是屬於楊修磊的愛，而是更加貪婪的，楊修磊只會給徐映庭的愛。

你只願意給我的。

「我告訴自己只要能夠像現在一樣待在你的身邊，即使存在著空白也沒有關係，因為那是伸出手就能輕易觸碰到的距離；但是，並不是這樣的，我知道，要維持在原位比起試圖靠近或者後退都必須耗費更大的力氣，因為不能靠近，因為不能逃，所以必須反覆的、反覆的告訴自己不能動。」

我幾近無聲的嘆了一口氣，彷彿解除咒語一般我的唇邊漾開了釋然的笑，直到這一刻我才明白，原來自己有這麼企盼著將感情傳遞給楊修磊的一刻。

「因為有所貪求所以不得不忍耐。」方沁說，也許等到力氣用盡的那天就能不愛了，但又也許，失卻了忍耐的力氣會不顧一切的往前奔去，我不知道，我害怕那樣的自己，害怕放棄不愛的自己，也害怕奮力向前的自己。「但是，總有一天會被你看穿吧，至少，我希望在那天之前由我自己說出口。」

風很輕非常的輕，混著草的氣味，我深深呼吸，斂下眼又抬起眼。

「楊修磊，我跟那些女孩一樣，也想得到你的愛。」

對著他我扯開微笑，能這樣說出口讓我感覺到一種充滿哀傷的幸福，即使下一秒鐘就會被驅逐，至少這一秒我還能站在他的面前，捧著我的愛情。

至少你能看見。

我希望你能看見。

「不對，」我輕輕的搖頭，「我比那些女孩更貪心，我想要的並不只是楊修磊的愛，而是你只願意給我的愛。」

楊修磊沒有任何聲音，沉默的，深深的，望著我。

或許這是屬於他的溫柔，沒有拒絕的殘忍，而是一段長長的留白，能夠醞釀離去讓轉身不那麼艱難。

「我家快到了，我自己回去吧。」

我的右腳還沒抬起，楊修磊忽然拉住我的左手，其實那一瞬間我的意識疊加上太過混亂的畫面，唯一能夠被辨認的，只有他跨越那段空白的移動。

跨。越。

他的唇貼上我的，張著眼但太過靠近什麼也看不見，我不明白，楊修磊一次一次突來的吻我都努力解釋成一時興起，然而這一次，我卻希望這是他給我的答案。

「為什麼要吻我？」

「因為妳是徐映庭。」

——那麼，我可以繼續抱有著這樣的奢求嗎？

我的生活依然是安安靜靜的，和楊修磊的距離縮小了一些，偶爾會肩靠著肩不說話的望著飄動的雲，偶爾他會牽起我的手，唇邊揚起若有似無的笑；我感覺自己的體內有某部分正緩慢的崩落塌陷，卻又有另一部分被溫暖的幸福感填起。

或許所謂的愛就是這麼簡單也說不定。

「那朵雲長得像長頸鹿。」

「為什麼長頸鹿旁邊會有一朵花椰菜？」

「牠大概餓了。」

「長頸鹿喜歡吃紅蘿蔔。」

「我喜歡花椰菜。」

望著楊修磊的側臉我輕輕的笑了出來，身邊的這個人，掌心確實感受到的這個人，每一天每一天和我的記憶與印象錯開，又逐漸疊合上新的畫面與色彩，這時我總會湧生一種奢望，企盼這是只有我才能看見的楊修磊。

他的身影彷彿貼地飛行一般，儘管還未落地卻能感受到正逐漸靠近，我想，或許有一天他終究會降落，踏進我行走著的世界。

「楊修磊。」

「嗯。」

將頭輕輕靠在他的肩膀上，實感幾乎被蒸發殆盡，凝望著和他交疊的右手，有一種遙遠的恍惚，抬起頭我望向他精緻的側臉，拉起身子在他頰邊輕輕落下一個吻。

楊修磊微微的顫動，旋過頭他安靜的注視著我，我和他非常的靠近，太過靠近了一點，或許少了那段足以確認的空白，所以細微的不安便竄進如這一刻貼近卻又沒有觸碰彼此的縫隙。輕輕的晃動。

「楊修磊也會被嚇到嗎？」

「在徐映庭身邊就變得越來越普通了。」

「不好嗎？」

他搖了搖頭，「普通很好。」

「那楊修磊可以給我一個普通的笑嗎？」

於是他笑了，很愉悅的那種笑容。

你知道嗎？我希望能夠得到你的愛，即使貼靠得那麼近仍舊想要更多，但這一瞬間，我忽然想，如果你能夠一直這樣笑著，無論你的愛最終給了誰那都無所謂了。

「那楊修磊可以再給我一樣東西嗎？」

「什麼？」

傾向前我撲進他的懷裡，伸出手環抱著他，他心跳的震動和呼吸的起伏都清晰的傳到我的身上，楊修磊輕輕將我抱住，或許他以為我要的是擁抱，然而我只是想，能夠更加確切的感受到他。

「楊修磊。」

「嗯。」

「你真的在這裡呢。」

楊修磊稍微用力了一些，熱度從我的胸口開始膨脹，我閉上眼仔細聽著他的心跳。於是我聽見他的震動與他的聲音。

「我在這裡。」他說。

他說。

我在這裡。

人總有那麼一瞬間離奢望太過貼近而以為那不再是奢望，然而如同劃過天際的流星一般，那樣美好燦爛的眩目終究讓夜更黑更深。

踏進學校那一刻我忽然感覺那淡漠許久的目光又再度投注在我身上，隱約的不安開始在我體內擴散，走進教室所有同學像是說好了一樣迴避著我的視線，佳佳還沒來，望著窗外忽然方沁帶著焦急跑了進來。

迎上他的雙眼，我的疑惑讓他顯得有些遲疑。

方沁僵直的站立在門邊，他的顧慮翻攪著我的思緒，站起身我逕直往他走去，接著站在他的面前，沒有壓低音量，「發生什麼事了？」

方沁嘆了一口氣，雙手無力的垂放在身側，等候了一段漫長的醞釀他的聲音幾乎要被擠出喉嚨，我的視線卻轉向了另一道身影。

楊修磊從走廊經過，對上他的目光的瞬間我忽然感受到強烈的寒冷，冷酷的一瞥，我想起他曾經也這樣看著那個女孩。

我不明白，溫柔笑著的楊修磊還停留在昨天的記憶裡，屬於他的溫度甚至在跨越黑夜之後仍舊殘存，然而眼前的一切彷彿和我以為的有著絕對性的落差。

「徐映庭……」

沒有理會方沁也沒有望向他，我默然的走出教室，鐘聲大概是響了，我不知道，一步一步我任憑自己的雙腳將我帶往頂樓，彷彿只要踏進那裡一切就會回復原樣，至少，楊修磊不會用著那樣冰冷殘酷的目光注視著我。

抱著膝我蹲坐在沒有他的角落，我不明白，真的不明白，這一切虛幻得太過真實，又或者是真實得太過虛幻，從那一瞬間他的錯身之後，我體內微微的晃動突然加劇，開始崩落瓦解。

在這樣的動搖之中她踏進了我的視野。

抬起頭我看見面無表情的筱竹，我的指甲嵌入我的小腿，沒有疼痛，我還來不及思索這混亂的一切究竟是怎麼回事，眾人的目光，方沁的猶疑，楊修磊的冷酷，以及筱竹的出現。

「昨天我跟阿磊告白，」她說，一個字一個字不帶感情的說，「他接受了。」

她的話語彷彿毫無預警的暴雨瘋狂的撲打在我的身上，我不相信，然而我卻發不出聲音，她沒有必要在這時候特地對我說這種謊言，我不自覺的搖著頭，指甲更深的陷入血肉之中。

「妳不相信我也無所謂，所有人都知道了，就算妳不想相信但事實就是事實。」她別開眼，「我本來以為楊修磊喜歡妳，但是他對我說，妳對他而言一點意義也沒有。」

——一點意義也沒有。

「妳直接去問楊修磊也沒有關係，反正，妳得到的絕對不會是妳想要的答案。」

接著她走了。

耳邊響著她的腳步聲，我的淚水忽然止不住的滴落，咬著唇我拚命的搖頭，不是這樣的，即使不想將他的愛給我楊修磊也不會用這種方式推開我；但是，我是真的明白過楊修磊嗎？

「徐映庭。」

方沁的聲音來得非常劇烈，我卻感覺異常遙遠，彷彿這個世界和我區隔開來，我不在這裡，又或者這裡並不是世界，我不知道，我只能緊緊的抱著自己任憑淚水無法遏制的落下。

我無能為力。

「徐映庭……」方沁在我面前蹲下，深深嘆了一口氣，伸手將我擁進懷裡。「我還在這裡。」

我在這裡。楊修磊的聲音又滑過我意識的邊緣。

「我不知道為什麼會這樣？我真的不知道……」

方沁更加用力的抱著我，我艱難的伸出手攀住他的手臂，我需要一個讓我不要失速墜落的支撐，於是我開始，劇烈的哭泣。

楊修磊沒有出現在頂樓。

在保健室躺了一整個上午，方沁和佳佳每節下課都來，除此之外這一切顯得非常安靜，彷彿鬧劇只在我的體內上演；在午休之前我離開了保健室獨自走上這裡，我想方沁會阻止我，佳佳也是，我能在佳佳的臉上讀出她的憤怒，阿磊不是這樣的人，一不小心她就這麼脫口而出了。

我也相信楊修磊不是這樣的人，但所謂的現實就擺在眼前不想承認或者不願意面對都沒有用，我不想猜疑在我體內膨脹，所以，乾脆的、俐落的，得到答案就好。

但是他沒有來。

推開門的人是宋霓。

她在我身邊坐下，沒有說任何話，我盯望著聚集又消散的雲，沒有長頸鹿也沒有花椰菜，我和宋霓之間隔著長長的沉默。

「阿磊不喜歡那個女孩。」

對於她突來的話語我的身體不由自主的顫抖起來，我知道，差一點我就這麼回應了，然而我試圖迴避的正是這一點，我不明白，楊修磊為什麼要承接一份他不想要的愛，我也不明白，那些我以為的、放在我掌心上屬於他的愛，或許類似於愛的東西究竟是些什麼？

「我不知道。」

「逃避是沒有用的。」宋霓輕輕的說，「我一直逃、拚命的逃，最後唯一明白的事，就只有逃到最後看見的不會是出口，而是盡頭。所謂的愛呢，終究會讓人無路可退。」

「對我而言愛不是這樣。」

「那又能改變什麼呢？」我抬起眼望向宋霓，「不能平衡的兩邊勢必有人滑落，當其中一個人掉落的瞬間，原本被推開的那一方也會忽然、非常劇烈的墜落，我說過，阿磊跟妳是不同世界的人，妳終究會成為他的傷害。」

所以，現在的楊修磊也在墜落嗎？

「我不明白。」

「妳真的有把握能一直待在他身邊支撐著他的愛嗎？」宋霓抬起手將我散落的頭髮溫柔的撥到耳後，指尖的溫度輕輕刷過我的臉頰，「一旦阿磊想得到哪個人的愛，就會不顧一切的伸手，所以，只要妳有些微的動搖，都會造成他的劇烈晃動，妳的猶疑，妳的不安，甚至妳的害怕，都會滲透進他的體內。」

從第一秒鐘開始，我就預備著某一刻會目睹他的離去，我想楊修磊很早就察覺到了，每當我動搖的時候他就會輕輕碰觸我，直到我終於確認了他的存在；然而如此小心翼翼對待著我的楊修磊，我卻沒有思考他究竟承受了多少負擔。

也許，我每一分每一秒都在傷害他。

我從來沒有在楊修磊身上冀盼過永遠，這樣的心思，在無形之中，即使誰都沒有說出口，也已經在他胸口劃出不可抹滅的傷痕了吧。

「徐映庭，在妳推開阿磊之前，他會那樣一直站在原地。」宋霓的目光透著冰冷也帶著哀傷，「因為他想要妳的愛，所以、妳會成為他最痛的傷。」

我和你之間，真的不存在著永遠嗎？

我始終沒有遇見楊修磊，數著自己的腳步緩慢的走向教室，還沒走到門口方沁就快步走了出來，但是他沒有任何探問，就只是站在我的身邊。

「我沒事。」

輕輕扯開微笑，我始終無法好好接受現狀，斂下眼不經意發現方沁突然收緊的拳頭，抬起頭看見的是方沁緊繃的神情，我想我不應該回頭，楊修磊將故事鋪陳好了，然而只要我不參與這場荒謬的鬧劇就無法進行。

只是，一旦劇在這一點驟停，楊修磊就真的下不了舞台了。

儘管我不明白這個故事的開始也不想瞭解故事的結束，但那裡有楊修磊，我終究會回頭。

於是我緩慢的轉身。

楊修磊以過於張揚的姿態站在灑落於中庭的日光之中，筱竹站在他的身邊，彷彿宣告的一幕，方沁拉住我的手想將我帶離這裡，我的雙眼卻只看得見楊修磊跨前一步走到筱竹面前，他的目光緊緊定格在我身上，我的身體開始顫抖，咬著唇我逼迫自己注視著他。

他吻了她。

儘管只是短短的一瞬，我的心底有些什麼卻徹底崩落了，淚水毫無預告的滑落，模糊的視野裡楊修磊逐漸走近，走近，最後停在我的面前。

始終有一步遙不可及的空白。

也許是愛。

我們都想得到的愛。

「對我而言所謂的愛不過就是這樣而已。」

楊修磊不輕不重的聲音敲打著我的意識深處，劇烈的疼痛從體內某個地方急速擴散並且攫獲我的身軀而我全然無法動彈。

為什麼要這樣逼迫自己？

「如果，不希望我再出現在你的世界，只要那樣對我說就好了。」眨著眼淚水不停往下掉，我仍舊死命的看著楊修磊，「到底是為什麼呢？」

楊修磊冷冷的笑了，然而我卻能感受到藏匿在深處的哀傷，我真的、成為你的傷害了嗎？

「這樣妳才會明白，楊修磊有多麼殘忍。」

終於我斂下眼，任憑淚水沾濕我的臉頰和白色襯衫，安靜的我轉身背對楊修磊，才剛抬起腳想走進教室就聽見一陣驚呼，旋過身我看見的是壓抑不住憤怒的方沁，和跌坐在地板上的楊修磊。

方沁向前走了一步，猛然拉起楊修磊的衣領，狠狠往他的左頰揮了一拳，花了好一陣子我才明白眼前的畫面，也看清楚楊修磊絲毫沒有回手的動作；奔向前我用力拉著方沁，不要再打了，反覆的叫喊著，方沁卻彷彿什麼也沒聽見，直到他的手不小心將我揮開。

我整個人被甩開撞上牆壁，那一瞬間鼓譟的四周忽然靜止了下來，我的背傳來劇烈的疼痛，視線仍舊有些模糊，我看見方沁焦急的臉，側過頭我的雙眼恰好對上同樣躺臥在地板上的楊修磊，他的嘴角淌著血，雙眼一眨也不眨的凝望著我。

最後我閉上雙眼。

於是楊修磊成為了那黑暗之中唯一的殘像。

我和楊修磊同時被送進了保健室，老師特別交代護士阿姨禁止任何學生探訪，我聽見方沁的聲音逐漸微弱遠去，最後剩下死白的天花板與濃烈的藥劑氣味。

白色拉簾區隔了我和楊修磊，儘管那麼近卻看不見對方，側過頭我試圖從那片白之中汲取某些影子卻徒勞無功。

「楊修磊，你在那裡嗎？」

「嗯。」

「今天，真的是很難捱的一天呢。」我以安靜的口吻說著，「一直到剛剛還拚命的想著，為什麼眼前的一切和記憶中昨天的延續徹底相悖，又拚命想辦法稍微理解一點自己正在經歷的現狀；但摔落地面之後和你相互對望那瞬間，我忽然明白了。」

盯望著白色拉簾，想著，楊修磊就在那裡。

「其實你，正用著最殘忍的溫柔試圖保全我，又或者是我的愛。」溫熱的淚水從眼角滑落，沾濕了白色床單，「但是，我們之間，真的不存在著永遠嗎？」

「所謂的永遠又是什麼呢？」

楊修磊的聲音很輕很輕，

「我不知道。」我說，「在遇見你之前我也不明白所謂的愛，儘管現在也還是不明白，但總感覺稍微靠近了一些自己想尋找的答案；我想，誰都不會知道什麼是永遠而永遠又在哪裡，只是我不想就將掌心裡的可能給捨棄。」

我深深呼吸，嗆鼻的藥劑味充滿我整個胸腔，我試圖在那之中找尋屬於楊修磊的氣味卻連一點線索也沒有。

「楊修磊，」我用著很輕的聲音，「我們之間，也不存在著那些可能嗎？」

忽然白色拉簾被扯開，楊修磊站在我的面前，臉上的傷在他精緻的臉上顯得怵目驚心，緩慢坐起身，伸出手輕輕觸碰他的傷，「也許，我和你在不久之後都會承受比這還要更深更痛的傷，但是，對我而言，終止在這一點，我的身體裡就會存在一個無論如何都無法填補的陷落，那樣的陷落，比任何的傷都還要蠻橫。」

他抬起手小心的握住我的，「我很害怕。」

站起身我跨過那段空白輕輕靠在他的胸前，他的氣味他的心跳以及屬於楊修磊的溫柔緩慢的將我包覆，我很害怕，他的聲音裡帶著幾不可察的顫抖，然而我確實的感受到他終於落地的一刻。

「我也很害怕。」離開他的胸口，抬起頭我深深凝望著他，「但是，這裡有你。」

「但是，這裡有你。」

徐映庭的聲音很輕卻很堅定，在她的雙眼之中我看見了自己，不是楊修磊，而是真正的我。

伸出手將她擁進懷裡，對不起，在她耳畔反覆的說著。我不明白愛，也不明白該怎麼去愛，這些日子在她的身邊我碰觸的不只是愛，還有我早已放棄期盼的幸福，微小然而確實，在她淺淺的微笑裡，我找到了自己的容身之地。

不是身為楊修磊，而是我自己。

然而在她偶爾的恍惚之中，我卻看見了不安與動搖，那時她總會輕輕碰觸我，彷彿不得不藉此確認我的存在，於是從那一次又一次的縫隙裡我的害怕也逐漸蔓延，我發現自己居然無能為力，除了輕輕擁抱住她之外我什麼也做不到。

宋霓彷彿早已預知了我和徐映庭之間逐漸裂開的縫隙，她安靜無聲的踏過影子，來到我面前。

「我從來沒有在你的臉上看過這樣的表情。」她沒有走近，就這樣站在日光之下，「我想，應該要替你感到高興，但是卻沒有辦法，不只是為了我的私心，也是為了你。」

宋霓扯開唇角卻沒有透露出任何愉悅的氣氛，她望了一眼沒有雲的天空，隔了一段沉默之後再度將視線轉向我。

「你應該察覺到了，徐映庭體內正緩慢加大的不安，儘管現在還能勉強的消化或者忽視，但是總有一天，那樣的不安會將她啃蝕得一點也不剩。」

「妳到底想說什麼？」

「你就是個無底的漩渦，終有一天會吞噬掉所有愛你的以及你愛的人，徐映庭沒有那麼堅強，阿磊，你只是不願意承認而已，只要你凝望著她，就會看見她的不安以及逐漸擴散的不安與動搖。」宋霓的話刺進了我最深處的害怕，我緊緊握著拳憤怒的瞪視著她，「阿磊，你知道，你比誰都還要清楚，那樣的不安與動搖不僅會吞噬掉你和她之間所謂的愛，也會一點一滴吞噬掉徐映庭，不管多麼拚命、就算用盡各種方式試圖填補都沒有用，因為，你的存在就是她的不安與動搖。」

——我的存在。

「夠了。」

「阿磊。」宋霓輕輕閉上眼，緩慢的轉身，卻用著堅定的口吻一個字一個字清晰的說著，「愛才是最殘忍的存在。」

我反覆告訴自己不要在意，但宋霓的話彷彿在我體內生根，每一秒都扎痛我，我不想看見，卻無法忽視徐映庭越加頻繁的恍惚，握著我的手時她總會露出安心的笑，但微笑之中卻透著哀傷，彷彿她正為了無可避免的失去而預備著。

「那楊修磊可以再給我一樣東西嗎？」

「什麼？」

她輕輕撲進我的懷裡，緊緊環抱著我，那一瞬間我的害怕到了臨界，我知道，她要的並不是擁抱，而是想要確認我的存在，即使我在身邊，她也必須反覆的確認。

——你的存在就是她的不安與動搖。

「楊修磊。」

「嗯。」

「你真的在這裡呢。」

我不由自主的收緊雙手，感受著她的溫度，或許我打從一開始就沒有獲得愛的資格，更遑論這太過虛幻的幸福，徐映庭已經一點一點的陷落，再這樣下去，或許她就再也無法從無盡的深淵逃離也說不定。

我就是困住她的深淵。

「我在這裡。」

我緩慢的說著，我在這裡，但是我不能在這裡。

徐映庭不會輕易離開，我知道，即使用著無情的口吻將她驅逐，我想她會離開我的身邊，卻不會放下她的感情；她正是這樣緩慢的吞嚥著在她體內膨脹的不安，儘管不安卻依然給我一個淺淺的微笑。

她的溫柔讓人不可自拔卻也讓她墜落。

那女孩恰好出現在我的面前，她曾經藉著徐映庭試圖趨近，但徐映庭從來沒有提起過她，我冷冷的注視著她，等著她預備好的台詞。

「我喜歡你。」

沒有猶疑沒有扭捏她非常乾脆的說出口，像是等著必然到來的拒絕，既然如此又為什麼要特地來我面前承接拒絕呢？

「妳想要的是拒絕？」

「沒有人希望被拒絕，我知道你喜歡映庭，我也沒有喜歡你到非要得到你不可，只是，一直抱持著不上不下的心思讓人覺得煩躁，所以來向你告白。」

「終究是為了妳自己。」

「人都是自私的。」她像是想起什麼稍稍停頓了幾秒，「感情讓我們變得更加自私，但是我無所謂，很早以前我就明白這一點，所謂的愛，其實是一種交易。」

「交易。」我輕輕唸著這個詞，「那麼，我們就進行交易吧。」

她不解的看著我。

「妳可以告訴其他人我接受了妳的告白，我也不會否認，但是，妳要親自告訴徐映庭。」

「為什麼？」

「跟妳沒有關係。」

「我為什麼要接受？」

「因為妳想要的不是我的感情，而是其他人的注目，所以妳不會拒絕。」我將視線從她身上移開，天空中飄著幾朵雲，徐映庭或許會說那裡有一朵像兔子的雲，「妳走吧。」

於是荒謬的故事打亂了平靜的生活，我只能逼迫自己冷酷的望向她蒼白的臉，無視她透明的淚水，說出一句又一句殘忍的字句。

只要能讓妳離開我就好。

然而鬧劇混亂了生活卻讓她的感情更加清晰，她輕易的看穿這一切，我太過拙劣的掩飾，她用著溫柔的嗓音滑過我的意識，撫著那些疼痛。

「楊修磊。」她輕輕喊著我的名字，「我們之間，也不存在著那些可能嗎？」

我的身體不由自主的顫動。

「也許，我和你在不久之後都會承受比這還要更深更痛的傷，但是，對我而言，終止在這一點，我的身體裡就會存在一個無論如何都無法填補的陷落，那樣的陷落，比任何的傷都還要蠻橫。」

站在她的面前我終於克制不住，小心翼翼的握住她的手。

「我很害怕。」

她安靜的走向前將頭緩緩靠在我的胸前，我感受到的不只有她的溫度與氣味，還有屬於徐映庭的，愛。

「我也很害怕。」她說，抬起頭她深深的凝望著我，「但是，這裡有你。」

我緊緊將她納入懷裡，也許，妳就是我唯一的可能。

——楊修磊。

——嗯？

——那裡有一隻綿羊。

她靠在我的肩上開心的指著天空上的雲，凝望著她的側臉，忽然她轉過頭對上我雙眼，淺淺的微笑裡泛著柔光，我低下頭親吻她，或許這樣的平淡就是曾經我以為無法企及的幸福。

但是，她就在這裡。

美麗的婦人坐在桌前，不帶表情的眼示意我在她面前的位置坐下，這裡是學校的會議室，寬闊的會議室只有兩個人，她不是老師，也不是我能想像的人。

「我是阿磊的媽媽。」

媽媽。我輕輕一顫，雙手不自覺絞動著裙襬，她給了一段長長的留白，足以讓想像、不安以及動搖晃動到最大的程度，在那臨界她終於再度打破沉默。

「妳知道我看見阿磊臉上的傷時有多麼害怕嗎？」

「……對不起。」

「對不起？」她的語調高了一些，「妳以為道歉能夠彌補什麼嗎？這世界沒有那麼簡單。我明白妳還小很多事還不懂也無法體會，或許妳以為只是戀愛這麼簡單的事情；但是妳不知道當我得知動手的人是方沁有多震驚，他們倆從小一起長大，比最好的朋友感情更深，但妳的存在卻造成了他們的裂痕，這不是接受就能釋然的事，只要妳還待在中間，阿磊就會失去方沁。」

「不只方沁，連宋霓也是。」她連喘息的空間都不留給我，以冷冷的語調無情的逼近，「因為妳的出現輕易的就讓阿磊失去了長久以來的朋友，聽說妳在學校被孤立了，這樣的妳，是把阿磊當作浮木一般的存在死命的抓緊嗎？還是說妳準備讓阿磊也一點一點被孤立，所以妳就能成為他的浮木？」

「我……」深深呼吸我拚命將聲音擠出喉嚨，「我是真的喜歡楊修磊。」

「我沒有質疑妳的感情，但是那麼年輕的妳說的喜歡到底是什麼？因為喜歡所以想得到，所以不顧阿磊的處境？」

咬著唇我一個字也無法反駁，我所看見的楊修磊就只有楊修磊而已，盤踞在他身後的一切我什麼也注意到，我看見的只有自己的愛與不安，而楊修磊以他的溫柔安撫我，甚至逼迫自己無情；這樣的我，到底帶給楊修磊多大的負擔？

「我知道一時間沒辦法要求妳離開阿磊，以他的個性也不會輕易放手，所以，我以阿磊媽媽的身分拜託妳，無論如何都請妳整理好兩個人的感情。」

「我……」

「不要妄想妳能改變什麼，拚命彌補阿磊和方沁的感情或是設法改變妳被孤立的情況，這都沒有用，那不過是衍生的結果。」她站起身幾近無聲的嘆了一口氣，「我明白現在的妳會很難受，但是總有一天妳會明白，不只對阿磊，對妳，這也是最好的結果。」

於是她離開了。

緊緊抓著裙襬，胸口被悶窒感塞滿，我想起楊修磊，他輕輕的微笑，我和他之間有一個又一個阻礙，那些都無所謂；然而他的媽媽以冷酷的口吻告訴我，我就是他最大的阻礙，我不明白，我的愛不過是那麼單純，我卻無法只是單純的愛著楊修磊這個人。

鐘聲響了。

我聽見有人推開門，抬起頭我看見方沁站在我面前：「我看見阿磊的媽媽。」

除此之外他什麼也沒有多說，拉了椅子安靜的坐在我身邊，盯望著透著光的窗，其實我明白，卡在楊修磊和方沁之間的我，即使多麼努力的拉扯也無法讓他們回歸到起先的位置。

因為，已經多了我。

「我跟楊修磊，真的、連微小的可能都不存在嗎？」

方沁沒有回答也沒有說話，只是將他的手輕輕覆蓋在我手上，然後，握著。

「如果能下雨就好了。」

「妳說過，雨的裡面包含著寂寞。」

「從那天之後，你陪著我走在雨裡的那天，從此我總感覺雨的裡面除了寂寞還包含著你。」

「但是我就在這裡。」

「嗯。」她輕輕的笑了，「所以才希望下雨。」

「為什麼？」

「這樣不只有你，還有更多更多的你。」

摸著她柔順的黑髮我不由自主的笑了出來，也許是因為安心，也許是由於確認，她的心情顯得輕鬆，話也說得多了。

我喜歡聽著她的聲音說著一個又一個想像，她說，我們之間已經有太多的現實，所以她不想思考那些，也許很任性但再怎麼樣我們不過就只是長大一些的孩子。

我希望像孩子一樣單純的愛著你。她說。

「這樣很貪心。」

「沒辦法，我說過，我不只跟其他人一樣對你有所貪求，還比其他人想要的更多。」她握住我的手，「因為你是楊修磊，因為你是你。」

方沁陪著我走回教室，教室裡一個人也沒有，桌上有佳佳留的紙條，列了作業和明天的考試範圍，我才想起已經距離放學好一段時間了。

「阿磊在校門口等妳。」

「方沁……」

「不用在意我。」方沁沒有看我，「感情沒辦法勉強，所以我不想勉強妳，也不想勉強自己，我說過，把力氣都耗光了之後或許就不喜歡妳了，到那時候，我就會重新開始了。」

「謝謝你。」

「如果把我當朋友的話就不要一直對我說謝謝。」他拍了拍我的肩膀，「快去吧。」

「嗯。」我輕輕點了頭，遲疑了一會兒卻沒有回頭，我想，比起目送我的背影，回頭之後再度離去對方沁而言更加殘忍，我一步一步往前走，離楊修磊越近就離方沁越遠。

花了幾分鐘走到校門口，楊修磊倚著校門安靜的凝望著我的走近，才剛靠近他就伸手將我拉進懷裡，那一瞬間我就明白，什麼也不需要說明，我也不需要編造任何藉口，我和他，都默默的接受了這一切。

「等很久了嗎？」

「久得連長頸鹿都變成綿羊了。」

楊修磊牽著我的手，沉默的走在我的左邊，哀傷的幸福感逐漸從我的胸口擴散，我曾經想，只要他能停留在我記憶裡一個瞬間，僅僅一瞬之間就已足夠；但他給了我一個又一個瞬間，多到我想窮極一生我都無法忘卻。

「楊修磊，你還記得我的一瞬嗎？」

「嗯。」

「其實，很早之前我生命中的一瞬就已經有你了。」我停下腳步揚起唇角認真的注視著他，「從開學那天，你踏進我的世界的那一瞬間，你就已經，被放在我心裡了。」

「我想給妳更多的瞬間。」

更多的。

「嗯。」我用力的點頭，「但是，萬一你給得太多的話，我會貪心的不想鬆手，所以，一個月，還有一個月這個學期就結束了，然後我們就會有一個長長的假期，可以習慣沒有另一個人的生活，然後，開學之後，我們就能回到原位了。」

原位。我的語尾帶著顫抖，我告訴自己要笑，而嘴角也確實揚起，但淚水卻一滴一滴自眼角滑落，楊修磊用指腹溫柔的拭去我頰邊的水痕，卻在拭去之後又再沾濕。

我知道，縱使回到原位也安分的站著，但繞了一圈之後所謂的原點就已經不復存在，我的心底會有一個屬於楊修磊的陷落，記憶裡會多了一個安放楊修磊的盒子，而生命會因為楊修磊給的許多一瞬而微微傾斜；然而，唯一值得慶幸的是，我的生命裡多了楊修磊的存在。

「徐映庭。」

「嗯。」

「我有說過我喜歡妳嗎？」

「沒有。」

「徐映庭。」楊修磊勾起美好得讓人感到哀傷的微笑，「我很喜歡妳。」

我終究還是傷害她了。

這一切的傷害就從稱之為愛的存在開始。

回到家媽一看見我臉上的傷就歇斯底里了起來，儘管噤口不語她依然能夠從四面八方得到答案，知道動手的人是方沁的瞬間她漲紅的臉瞬間刷白，為了一個女孩，她的口中不斷喃唸著這句話。

冷淡的注視著她，我知道她會以愛為名拚命將我拉回她期望我走的路，從前的我覺得無所謂，我幾乎放棄屬於自己的路，然而一想到她即將排除的是徐映庭我就抑制不了情緒。

我知道，一旦過於激烈的反應更會讓媽明白徐映庭的重要性，然而我沒有辦法撒手旁觀，徐映庭是我唯一的可能。

「妳可以不要再干涉我的人生了嗎？」

「阿磊……」媽不可置信的瞪視著我，「我知道你喜歡那個女孩，也明白你現在的衝動，但是總有一天你會後悔的，方沁不是你最好的朋友嗎？往後你會認識很多女孩，像宋霓那樣的女孩，所以，不要再陷下去了。」

「妳一輩子都不會明白真正讓我陷落的是什麼。」是妳的愛，是妳的期盼，是因為妳讓我放棄的愛，「就算我年輕，但我很清楚，我的人生中就只會有一個徐映庭而已。」

媽狠狠的甩了我一個耳光，這是她第一次這麼對我，在她的臉上有一閃而過的後悔，但她該後悔的並不是打了我，而是試圖奪走我好不容易才找尋到的可能。

「媽。」剛下樓的哥目睹了這一幕，立刻衝向前擋在我的面前，「等冷靜一點再談吧。」

「修楷，你告訴阿磊，為了一個女孩這並不值得，他應該把握的是像方沁、宋霓這樣的人，而不是一個挑起他跟方沁反目的人。」

我想說些什麼卻被哥制止，他拉著我的手，我知道，我反應得越激烈媽將會採取的手段就更不顧一切。

但是我不想，我不想這樣被操控。

「操控了我的人生之後妳就會滿意了嗎？口口聲聲說著愛我和哥，但妳從來就沒有在乎過我們快不快樂，妳看見的只有我們是不是安分的走在妳期望的軌道之上。」

「楊修磊。」媽忽然高聲大喊，哥依然使力拉著我，「你不知道我有多愛你們，你也不知道什麼才是正確的人生，媽現在為你做的，你將來會感激我，所以現在就算你恨我也沒關係。你聽好，方沁打了你，你的傷在那、能作證的人也很多，我能讓他留下不可磨滅的汙點，也能逼他轉學，至於那女孩，你重視的那女孩，你希望我怎麼對她，嗯？」

「媽……」哥無奈的看著她，「阿磊還小，讓他談談戀愛也無所謂，他跟方沁感情那麼好，慢慢就會和好了。」

「芽一冒出來就必須果斷的捻斷，你不知道那會是根草或是棵樹，唯一知道的，就是那有毒，而且是劇毒。」

我想保護徐映庭卻無能為力，只能憤恨的瞪視著我自己的媽媽，然後等著她即將對徐映庭的傷害，這就是我能給的愛，我忽然覺得荒謬得可笑。

「妳說妳鋪設的是正確的道路嗎？」憤怒至極我竟然笑了，「我會依照妳說的離開徐映庭，然後，妳就看著，千萬要仔細的看著，踏著妳鋪設的路的我，究竟會成為什麼樣的人。」

我轉身上樓，回到房間讓整個人陷落在沙發裡，哥走了進來在床邊坐下，我聽見他嘆了口氣。

「我不希望你跟我一樣。」他說，「所以在能夠脫離軌道之前，你所能做的，就只剩下忍耐而已。」

「但那時候我所不想失去的早就已經失去了。」

「就算是那樣，我也還是希望你能夠逃離這一切。」

所以徐映庭註定成為我生命中的犧牲，聽見媽到學校我一點也不訝異，只是害怕，害怕徐映庭必須承受的。一切。

然而她仍舊給了我一個溫柔的微笑。

又給了我一個月的期限。我們，就能重新回到原位了。她逼迫自己微笑卻止不住淚水，看著她的堅強我深深感受到自己的懦弱，對不起，但我不能這麼說。

「我很喜歡妳。」最後我這麼說。

至少，我希望她能知道這一點。

我和楊修磊之間有了期限。

一天一天，他越來越靠近卻也越來越遠離，我總是緊緊握著他的手，在每次短暫的分離之間練習著鬆手。

在這樣的日子裡忽然下起了雨，猛烈的雨。

「雨下得好大。」

「我帶了傘。」

於是兩個人擠在狹小的藍色摺疊傘下，右邊的溫暖與左邊的冰冷形成強烈的對比，水氣漸漸透進了肌膚，仰起頭我注視著他，直到我和他走進了某個簷下。

「嗯？」

「沒事。」我淡淡的笑著，「只是在想，你站在我的右邊，所以右邊有你，沒有你的左邊被雨沾濕了，我說過，雨的裡面除了寂寞之外還包含著楊修磊，所以左邊也有了你，這樣，就有數不清的楊修磊了。」

然而，卻帶著同樣含有數不清的寂寞的前提。

「我只要有一個徐映庭就夠了。」

「你真不貪心呢。」

我和他都知道，這其實，才是最大的奢求。

但我們都假裝不知道。

「如果你沒有陪我走進那場雨，那麼我就只會有寂寞，所以，謝謝你，讓我在寂寞之外還能擁有你。」我緩緩貼靠他的手臂，「這世界上有百分之九十九點九的存在都會改變，但是，你會是我心底的百分之零點零一。」

「百分之零點零一放得下我嗎？」

「嗯、也就只放得下你而已了。」

「我不知道我的體積這麼小。」

我笑了出來，伸出右手食指和拇指讓兩者非常靠近，「就這麼小、這麼小而已，因為這麼小，所以不用擔心。」

我能負荷。所以不用擔心。

「因為你不貪心，所以小小的也無所謂，但是我很貪心，而且是非常貪心，所以，就把我放進那百分之九十九點九裡面吧。」我踮起腳尖，輕輕吻了他，「就只要這個吻，放進那零點零一就好。」

楊修磊忽然低下頭狠狠吻住我，用力的摟緊我的腰，抓著他的襯衫他從未以如此猛烈的姿態對待我，如同這場雨。

「這樣的楊修磊，妳也會放進妳的零點零一裡嗎？」

「只要是楊修磊就會被放進那裡。」觸碰著他的左頰，最後停留在他的唇上，「這場雨像不會停一樣。」

下在我心底的雨，也不知道什麼時候才會停。

「楊修磊。」

「嗯？」

「這裡，就只有你和我而已呢。」

就只有我們而已。

雨連續下了三天，在幾乎以為雨從此不會停之際它忽然停了。

傘安靜的躺在我的書包裡，她喜歡和我擠在同一把傘下，任憑一半的身體被雨水打濕，我知道她有傘，但我從來沒有提起。

「雨停了呢。」

「妳又能看見長頸鹿了。」

「可是今天出現的是綿羊。」

「妳這樣以後連綿羊都不出現了。」

「其實你是綿羊那國的吧。」她皺了皺鼻子，「你很可疑。」

我輕輕捏了她的鼻子，「所以妳最近都不帶花椰菜嗎？」

「我媽說最近花椰菜很貴。」她夾了一塊紅蘿蔔到我嘴邊，「你假裝這是花椰菜吧。」

「不吃。」

「楊修磊。」她咬著被我拒絕的紅蘿蔔，「我不喜歡花椰菜。」

「嗯。」

「但是我喜歡你。」

我淡淡的笑著，摸著她的頭，「這樣我還是不吃紅蘿蔔。」

「你會被兔子討厭。」

「沒關係。」我說，「徐映庭喜歡我就夠了。」

期末考蠻橫的來了。

這是我第一次這麼害怕一場考試，並不是考試本身，而是考試結束之後也意味著這個學期的結束。我和楊修磊的期限一分一秒的逼近，我總是告訴自己不要去思考這件事，然而無論多麼想忽略，我們依舊不得不走到終點。

終點。

寫完了英文考卷我走到講台交給監考老師，教室已經空了一半，這是今天的最後一節考試。整理完書包和佳佳揮了揮手從後門走出了教室，才剛踏出就看見趴在走廊欄杆上的楊修磊。

「為什麼在這裡？」

「妳寫考卷的樣子很認真。」他撥了撥我的瀏海，「只是想看一眼妳考試的樣子，但後來決定在這裡等妳出來，這樣妳才會嚇到。」

也許，這樣能讓我和他之間多擁有幾分鐘。

他沒有說出口，我也假裝不懂，對時間的貪婪顯得我和他太過貧窮，我很害怕沙漏裡最後一粒沙的掉落，我想他也是，楊修磊並不是無所畏懼的人，他也只是平凡的人罷了。

「回家吧。」

牽起他的手不顧其他人的目光，側過頭我對著他揚起笑容，即使只有一秒鐘，我仍舊想讓所有人都知道楊修磊屬於我。這是我藏匿而起的私心。這一刻我想讓楊修磊看見。

停下腳步，和楊修磊站在學校廣場的中央，他等著我說話，我泛開燦爛的笑容，往後退了一步，接著用著最大的音量朝楊修磊喊著。

「我、喜、歡、楊、修、磊。」

他愣了一會兒忽然笑了出來，伸出手將我拉進懷裡，我和他的愛第一次如此張揚，我不在乎任何的眼光，只要他能夠凝望著我就足夠。

「考完試的徐映庭就會變這樣嗎？」

「那、還有明天跟後天。」我愉快的笑了，「楊修磊會躲起來嗎？」

「不會。」

他說。

「除了妳的身邊，我無處可躲。」

那麼沒有了徐映庭之後，楊修磊就必須孤伶伶的站在舞台中央了嗎？

最後一張考卷終究交了出去，身邊的同學臉上充滿終於解脫的表情，我的腳步卻顯得沉重。

我即將走向我和楊修磊之間的終點。

「考完了呢。」

「嗯、考完了。」楊修磊以安靜的姿態凝望著我，彷彿想說些什麼卻又吞嚥而下，「我陪妳回家。」

「嗯。」

牽著手我和他踏著影子，我們走得很慢，非常的慢，彷彿留滯在時間的灰色地帶之中，沒有多餘的交談，沉默的感受著對方的溫度；我仰起頭凝望著楊修磊精緻的側臉，即使不特別記憶他依然讓人無法忽視，然而過於耀眼的外表讓人們趨近，也讓人們別開雙眼，於是停留在一段距離之外，張望著他的奪目卻看不見他的孤獨與寂寞。

我希望能夠有一個人稍微走進他的世界，對著蜷縮在中央的他伸出手，舞台中央其實是最最孤單的位置，無法輕易離去也不能不顧台下的觀眾，於是不得不開始演出；日復一日，也許他會逐漸忘了所謂的自己。

我希望他始終是他。

「楊修磊。」停下腳步我仔細注視著逆光的他，右手輕輕觸碰著他的臉頰，踮起腳尖輕輕吻了他，「愛比我想像的還要艱難，但是，卻比我想像的還要靠近；所以，只要伸出手，也許就能碰觸到所謂的愛。」

「徐映庭……」

「我不會有事。因為，」我拉起他的手緩緩貼上我的左胸口，「這裡有你。」

他猛然將我拉進懷裡，沒有說明的必要也毋須話語，但是屬於楊修磊的哀傷與道別。

安靜的，漫長的，夕陽的熱度在我和他的身體中擴散，他仍舊鬆開我了，無論多麼奮力掙扎，我和他之間註定存在著終點。所以我們不得不踩過那條拉好的終點線。

又走了一段長長的路，我想，我會牢牢記住這一條曾經和他走過的路，或許，關於他的一切不需要任何努力就能深深記憶。

因為，你是楊修磊。

「妳家到了。」

「嗯。」

停在我家門口，我凝望著彼此交疊的手，仔細的注視著，然而儘管是那麼仔細的看著，那一瞬間我卻記不起來先鬆開手的是誰。

我凝望著那一瞬間，那一瞬間卻在被記憶下之後沉沒在記憶最深處，剩下鬆落之後的畫面。

「進去吧。」

「楊修磊。」

「嗯。」

「再見。」

楊修磊深深的凝望著我，他依然沒有給我任何道別，只是伸出手輕輕摸著我的頭髮，然後，揚起美好的微笑。普通卻美好的微笑。

最後他終於轉身，走進染紅的落日之中，走出我的日常。

但是我知道，楊修磊始終沒有走出我的愛情，安放在零點零一裡的他，不會，不會被改變。

「楊修磊。」在他幾乎踏出我的視野的瞬間我大聲喊住他，他側過身在遙遠的前方看著我。我指著天空上緩慢飄動的那朵白雲，「你看，長頸鹿出現了。」

我的淚水到底還是掉了下來，沒關係，這麼遠的距離他不會看見。沒關係。

楊修磊凝望了天空好長一段時間，接著望向我的方向，他大概扯開了微笑，儘管看不見卻有這樣的感覺，接著他轉過身，終於，終於踏出了那一道邊界。

楊修磊轉學了。

開學第一天楊修磊仍舊是流言的中心，我感到有些恍惚卻沒有任何的驚訝，彷彿他終究會選擇遠離，並不是遠離我，而是遠離曾經愛過的他自己。

「楊修磊為什麼要轉學啊？」

女孩們圍在我身邊探問著任何的可能，彷彿隔了一個長假之後她們能夠輕易忘記對我的孤立，又或者當楊修磊不再存在她們也失卻了孤立我的理由。

儘管她們站得非常靠近我卻感到異常遙遠，在她們的世界裡，無論是我或者是楊修磊，都不過只是流言罷了。

「我不知道。」

反覆的說著之後女孩們也減了興致，我的周圍安靜了許多，彷彿回到楊修磊出現之前的生活，然而我知道，我的體內有了決定性的不同。那裡，已經有了楊修磊。

「好久不見。」

方沁走到我的面前，給了我一個溫柔的微笑。

「嗯，好久不見。」他沒有提起楊修磊，我也沒有，抬起頭望向窗外的藍天，「今天沒有雲呢。」

「因為是很好的天氣。」

「方沁。」

「嗯？」

「我的胸口，好像，有點空蕩蕩的。」

「是嘛。」方沁輕輕的笑了，「真是剛好，我的也是呢。」

我想，楊修磊大概也和我們一樣，胸口的某個部分也微微陷落了吧。

然而那樣的陷落卻是他切實存在的證明。

我忽然想起來，我忘了對他說，我很慶幸自己曾經愛過，並且、愛過你。
也許很久很久之後的某一天，我會這麼告訴他。

我站在東京鐵塔下抬頭望著閃耀的紅光，身旁零散的經過幾個人，我沒有進入鐵塔的意思，這世界有某些存在只要以某種特定的方式記憶下就足夠了。

我想著艾珍和哥，又想起昨天見過的方沁，也想起徐映庭。屬於我的記憶並不那麼多，卻深不見底，我拋棄了楊修磊又找到了楊修磊，迂迴的行走在這段太過漫長的道路上，有一點疲倦，也有一點踏實。

天還沒完全暗，我決定離開。

流浪之後的終點始終是起初的起點。

我有那麼一點懷念台灣，懷念台北悶熱的風。

於是我轉身。

——楊修磊。

我的身體輕輕的顫動，熟悉卻又透著陌生的聲音，在我的身後，我猜想那是錯覺，記憶被錯置之後暫時產生的扭曲。

「楊修磊。」

她又喊了一次。

我緩慢的回頭，一個陌生的、卻異常熟悉的女人站在我的面前，揚起淺淺的微笑。

「本來以為認錯人，」她用著她一貫平淡的口吻說著，「但後來想，這世界上，大概、唯獨楊修磊我不會認錯。」

「好久不見。」

「這不像楊修磊會說的話。」

「大概吧。」

「我們在東京鐵塔下。」

「我知道。」

「方沁說你會來。」

「嗯。」

「我想，我應該親口告訴你。」她斂下眼，我又想起她穿著白色制服的模樣，「下個月我要結婚了。」

「嗯。方沁告訴我了。」

「但我還是想親自告訴你。」

「我知道。」

「楊修磊。」

「嗯。」

「我只是想確認你在這裡。」

或許，所謂的感情，就只是想確認而已。

她沒有說話，輕輕的揮了揮手便轉身離去，她的背影彷彿和很多年很多年以前的影子相互重疊，我忽然比起先更加明白艾珍的信了，也許某些存在於我們體內的缺口一輩子都無法被填滿也無法視而不見，但那卻是一種證明，證明我曾經愛過。

證明，妳曾經在那裡。

——而這一切都是真的。

The End

後記

一瞬。

究竟那裡藏匿著、又或者延伸了什麼呢？

《我們之間，隔著名為愛情的距離》裡的楊修磊在露天廣場瞥見劉艾珍時，毫無猶疑便走到她身旁的坐位，然後坐下。對於他和她，我希望那是宿命，然而在一個宿命的前方，必然有著另一個註定的前提。

那是徐映庭。

屬於楊修磊真正成為楊修磊的零點。

徐映庭和劉艾珍有著本質上的相似，卻帶有著絕對的迥異，年少的楊修磊以及往後的楊修磊，對我而言他的故事始終沒有盡頭，並且想讓人更加瞭解他，因為，楊修磊實在太過令人哀傷了。

同時我想，將他壓縮在真空核心的寂寞也藏匿在每個人的體內，也許不那麼頻繁，又或許顯得細微；然而總有特別無法碰觸他人也難以接近自己的時刻，我希望泅溺於其中的楊修磊得到解脫，所以必須訴說。

為了楊修磊。也為了被寂寞擠壓的自己。

□

寫後記之前我又重讀了一次故事，我以為自己不會哭，至少不會像寫的時候那樣劇烈的哭泣，但我的眼淚依然遏制不住，越靠近楊修磊一步，我的心疼也越加膨脹。

而故事之中也帶有著所謂青春的殘影，那些在我無暇思索之際傷害到的他人，或者所承受的疼痛，那些我所不能追返的瞬間，與我試圖遺忘的片段；經過漫長的時月後，一切顯得如此遙遠卻又如此懷念。

無論是好的，或者壞的。

可能我也只是想，用以紀念我所錯過的瞬間與，感情。

□

曾經某個人在下著雨的時候將外套蓋在我頭上，攬著我的肩踏進突來的雨，屬於他的氣味、他的溫度在雨的阻隔之下顯得過於清晰，直到現在都能輕易的想起；然而，我卻在往後的某個瞬間，由於對於感情的不知所措而深深傷害了他。

儘管在多年之後我和他終於能確認當初的感情，以坦然的微笑接受那曾經的錯過與已然逝去的愛，但我明白，在他和我之間，仍舊沉澱著一層薄薄的遺憾。

這整個故事其實跟他沒有任何關係，但我希望其中的某些部分能夠傳遞到他的掌心，我當初很喜歡你，縱使聚會時以戲謔的口吻這麼說過，然而我一直想，更加認真的告訴他，這一切都確實落在我的心底了。

所以謝謝。

關於我所錯過的你。

以及陪伴在我身旁的，另一個你。

Sophia

All about Love / 22

微光

國家圖書館出版品預行編目資料
微光 ／ Sophia 著.
— 初版. — 臺北市 ： 春天出版國際, 2014.09
面； 公分. —（All about Love ；22）
ISBN 978-986-5706-34-0（平裝）
857.7 103015477

ISBN 978-986-5706-34-0
Printed in Taiwan

作　者　Sophia
封面設計　克里斯
內頁編排　三石設計
總編輯　莊宜勳
企劃主編　鍾靈
責任編輯　黃郁潔

出版者　春天出版國際文化有限公司
地　址　台北市信義區信義路四段458號3樓
電　話　02-7718-0898
傳　真　02-7718-2388
E－mail　frank.spring@msa.hinet.net
網　址　http://www.bookspring.com.tw
部落格　http://blog.pixnet.net/bookspring
郵政帳號　19705538
戶　名　春天出版國際文化有限公司
法律顧問　蕭顯忠律師事務所
出版日期　二〇一四年九月初版
定　價　180元

總經銷　楨德圖書事業有限公司
地　址　新北市新店區寶興路45巷6弄6號5樓
電　話　02-8919-3186
傳　真　02-8914-5524